Niklas Rådström

ROBERT

und der unsichtbare Mann

Aus dem Schwedischen von

Angelika Kutsch

Mit Illustrationen von

Karoline Kehr

Thienemann

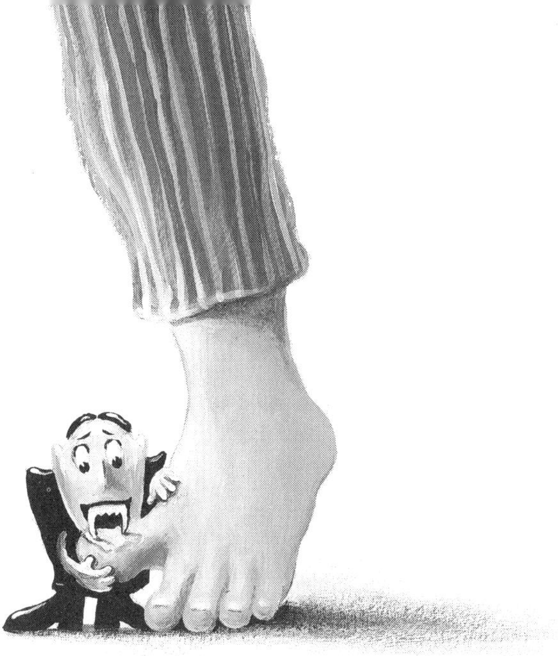

Alles ist dunkel

Robert wurde mitten in der Nacht wach und stellte fest, daß es nicht hell werden wollte, obwohl er die Lampe an seinem Bett anknipste. Es war Anfang Frühling, trotzdem war es draußen stockfinster. Er setzte sich im Bett auf und sah sich um. Im Zimmer war es vollkommen schwarz, und dort, wo das Fenster sein mußte, war es auch ganz schwarz.

Bestimmt scheint der Mond nicht, und die Wolken verstecken die Sterne, dachte Robert. Aber dann fiel ihm ein, daß er wenigstens die Straßenlaterne an der Kreuzung und die an der Bushaltestelle und die vor Lundbergs Gartenpforte und die am Hügel zur großen Straße und den Schein von all den Lichtern da unten sehen müßte. Und da stand doch auch immer eine brennende Lampe oben bei Lindroth, und dann die Tankstelle ... Jetzt, wo der Winter gerade vorbei war und die Bäume noch keine Blätter hatten, konnte man doch immer das Schild von der Tankstelle dort unten sehen, wo die Schnellstraße in die Stadt führt.

»Papa!« rief Robert in die Dunkelheit.

Er probierte noch ein paarmal den Schalter von seiner Nachttischlampe, aber die wollte einfach nicht funktionieren. Im Haus war es ganz still. Kein Laut war zu hören.

»Mama, Papa!« rief Robert wieder.

Er hörte, wie sich einer von beiden im Bett in ihrem Schlafzimmer umdrehte und wie Papa ein bißchen grunzte. Robert kroch aus dem Bett und blieb eine Weile stehen. Er sah sich um. Er verstand einfach nicht, wie es so dunkel sein konnte. Irgendwas muß passiert sein, dachte er.

Vorsichtig tastete er sich zur Tür. Dort war der Schalter für die Deckenlampe. Plötzlich hatte er ein Gefühl, als ob sich etwas an seinem Fuß bewegte und ihn in die Fußsohle gestochen hätte. Zuerst bekam er einen Schreck, aber dann fiel ihm ein, was es war. Er war auf eins dieser Plastikmon-

kommen dunkel auf der Welt. Wenn es sowieso dunkel ist, braucht man ja auch die Augen nicht zu schließen, oder?

Aber dann machte er sie doch zu, und dann schlief er ein. Es war vollkommen dunkel auf der ganzen Welt, und im tiefsten Innern dieser Dunkelheit lag Robert und schlief, ohne daran zu denken, ob es jemals wieder hell werden würde.

Die Cornflakes sind unsichtbar

»Robert, aufwachen! Es wird Zeit«, hörte Robert seinen Papa sagen. »Wir haben verschlafen.«

So war es jeden Morgen. Robert konnte nicht verstehen, wieso Mama und Papa jeden Morgen verschliefen. Das war ja nun wirklich etwas übertrieben, fand Robert. Wenn Mama und Papa den Tag nur eine Viertelstunde oder so vorverlegten, würden sie doch nie verschlafen. Aber nein … Roberts Mama und Papa verschliefen immer. Jeden Morgen kamen sie in Roberts Zimmer gestürzt und sagten, sie hätten verschlafen.

Aber heute verstand Robert natürlich, wieso sie verschlafen hatten. Da der Strom in der Nacht weg gewesen war, war der Radiowecker natürlich stehengeblieben und hatte Mama und Papa nicht wie sonst jeden Morgen geweckt.

Papa brüllte von der Tür, daß sie es eilig hätten, und Robert mußte sofort aus dem Bett springen und sich anziehen. Da war keine Zeit zu duschen, keine Zeit zu reden, es war überhaupt keine Zeit für irgend etwas anderes als aufstehen und sich anziehen.

Robert konnte jedoch nicht verstehen, wieso es immer noch so dunkel im Haus war. Als er zu den Fenstern guckte, meinte er, sie als blasse, graue Vierecke in der Dunkelheit zu erkennen, aber dann verschwanden sie wieder. Er wollte Papa bitten, das Licht anzumachen, aber da hörte er, wie Papa gerade ins Badezimmer lief und die Dusche anstellte. Robert hob die Füße aus dem Bett, blieb aber auf der Bettkante sitzen.

»Aber Robert, hast du dich noch nicht angezogen?« hörte er Mama von der Tür her fragen. »Hat Papa dir nicht gesagt, daß wir es eilig haben?«

Doch, wollte Robert sagen, und dann wollte er Mama bitten, das Licht anzumachen. Aber Mama war schon bei Mikaela, seiner großen Schwester, und versuchte, sie aus dem Bett zu zerren. Robert seufzte. Er mußte sich eben anziehen, so gut es ging. Aber warum war es so dunkel? Und warum machte niemand Licht an?

Er tastete mit den Händen über den Fußboden, und dort lagen seine Sachen auf einem Haufen, genau, wie er sie gestern abend hingeworfen hatte. Robert zog den Schlafanzug aus, und dann suchte er nach der Unterhose in dem Kleiderhaufen. Nach einiger Anstrengung war er schließlich angezogen. Am meisten mußte er sich mit dem Hemd abmühen. Dann zog er seinen Pullover über, und dann war er angezogen. Nur eins fehlte noch: der eine Strumpf. Er bückte sich und fuhr mit der Hand über den Fußboden. Da hörte er Papa von der Tür.

»Aber Junge«, sagte Papa, »nur ein Strumpf und den Pullover verkehrt herum. Lernst du denn nie, dich richtig anzuziehen?«

Papa kam ins Zimmer und setzte sich neben Robert auf die Bettkante. Er zog ihm den Pullover aus.

»Und das Hemd hast du ja total verwurschtelt zugeknöpft«, sagte Papa und fing an, das Hemd wieder aufzuknöpfen.

Das war nicht das erste Mal. Das passierte dauernd. Robert fand das nicht der Rede wert. Papa knöpfte das Hemd richtig zu und zog ihm den Pullover über.

»Robbi, die Cornflakes«, sagte Mikaela.

Wenn sie etwas sagte, dann nur, weil sie wollte, daß man etwas für sie tat. So war es. Jetzt wollte sie, daß Robert ihr die Packung mit den Cornflakes reichte. Aber Robert rührte sich nicht. Er konnte sie ja nicht sehen. Es ist nicht leicht, eine Packung Cornflakes zu sehen, wenn es vollkommen dunkel ist auf der Welt.

»Robbi«, wiederholte Mikaela, »hast du nicht gehört, was ich gesagt habe? Die Cornflakes!«

Robert saß still.

»Warum gibst du Mikaela nicht die Cornflakes, wenn sie dich darum bittet?« fragte Mama.

»Es heißt Cornflicks«, sagte Papa, »nicht Cornflakes.« Das sagte er jeden Morgen. Er fand das witzig, aber nur er allein.

»Harry«, seufzte Mama. »Also, Robert, warum gibst du Mikaela nicht die Packung?«

Robert dachte eine Weile nach. Dann sagte er: »Die Cornflakes sind unsichtbar.«

Mikaela stöhnte. Dann streckte sie sich an Robert vorbei und nahm die Packung selbst.

»Blödmann«, sagte sie.

»Warum müßt ihr euch dauernd zanken«, sagte Mama und fing an, sich mit Papa über etwas zu unterhalten. Darüber, daß es natürlich nur ein

Spaß war, daß Papa statt Cornflakes immer Cornflicks sagte. Er wußte, daß es ein englisches Wort war und wie man es eigentlich aussprach. Er und Mama redeten dauernd englisch, wenn sie über etwas diskutierten, das Mikaela und Robert nicht verstehen sollten. Aber jetzt hatte Mikaela ja auch Englisch in der Schule. Deswegen mußten Mama und Papa französisch sprechen, wenn sie etwas vor den Kindern geheimhalten wollten.

»Robert, ein Marmeladenbrot?« fragte Mama.

»Okay«, sagte Robert.

Er hörte, wie Mama das Marmeladenbrot auf den Teller legte und eine Tasse Kakao vor ihn hinstellte. Als er die Hand nach dem Brot ausstreckte, dorthin, wo er es vermutete, trafen seine Finger direkt in die Marmelade. Er leckte sich die Finger ab und unternahm einen neuen Versuch. Diesmal bekam er das Brot zu fassen, es fiel ihm aber aus der Hand und landete mit der Marmeladenseite auf dem Tisch.

»O Robert«, sagte Mama. »Mußt du immer so ungeschickt sein?«

Versuch doch selbst mal, ein Marmeladenbrot zu essen, wenn es vollkommen dunkel ist auf der ganzen Welt, dachte Robert.

Jetzt war Mikaela mit Essen fertig und stand auf.

»Ich hau jetzt ab«, sagte sie.

»Ich wünsch dir einen schönen Tag«, sagte Papa.

Mikaela seufzte, schnaubte, stöhnte und ging.

»Vergiß die Schulbücher nicht!« rief Mama ihr nach.

Als Mikaela weg war, blieben Mama, Papa und Robert eine Weile still sitzen.

»Warum hast du das zu Mikaela gesagt?« fragte Mama schließlich. »Daß die Cornflakes unsichtbar sind?«

»Aber sie sind doch unsichtbar«, sagte Robert.

»Ja, Kinder haben wirklich Phantasie«, sagte Papa und ging nach oben, um sich anzuziehen. »Unsichtbare Cornflakes. Bald fangen sie noch an, fliegende Dickmilch zu verkaufen. Das wäre ein Frühstücksgag. Unsichtbare Cornflakes mit fliegender Dickmilch.«

»Aber die Cornflakes sind unsichtbar«, wiederholte Robert. »Wenn ihr das Licht anknipst, kann man sie wieder sehen.«

Jetzt beugte sich Mama zu ihm vor, und er spürte, wie sie eine Hand vor seinen Augen bewegte.

Endlich, dachte er. Endlich kapiert jemand, daß es vollkommen dunkel ist auf der ganzen Welt.

Aber weiter konnte er nicht denken, denn in dem Augenblick fing Mama an zu schreien.

»Harry!« schrie sie nach Papa. »Harry! Komm schnell!«

»Ich muß mich anziehen und zur Arbeit«, brüllte Papa aus dem oberen Stockwerk.

Aber Mama schrie weiter.

»Harry, er ist blind«, schrie sie. »Beeil dich! Komm! Robert ist blind!«

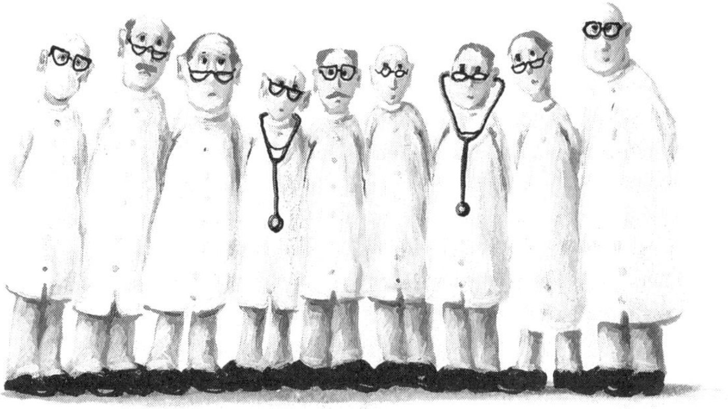

Niemand kann das Licht anknipsen

Nein, an diesem Tag ging Roberts Papa nicht zur Arbeit. Und seine Mama auch nicht. Und Robert ging nicht zur Schule. Es gab ein mächtiges Geschrei und Geseufze und Gerede und Geküsse und Geweine und alles mögliche, ehe Mama und Papa endlich mit Robert zum großen Krankenhaus in Stockholm fuhren.

Zuerst blinkte Roberts Papa mit Lampen und angezündeten Streichhölzern vor Roberts Gesicht. Und dann stellten sie Robert mitten in die Küche und befahlen ihm, das eine oder andere zu holen. Aber das ist ja nicht gerade leicht für jemanden, der eben entdeckt hat, daß es vollkommen dunkel ist auf der ganzen Welt.

Und Mama und Papa redeten ununterbrochen.

»Robert, Robert, Robert, siehst du meine Hand?« ratterte Papa hervor. Das klang ungefähr wie eine Spielzeugpistole: Robert, Robert, Robert …

Und Mamas Gerede klang wie ein Hubschrauber: »Robert, Robert, Robert, kannst du sehen, was ich in der Hand halte?«

So redeten sie die ganze Zeit.

»Hier, Robert, hier«, sagte Papa. »Siehst du, welche Farbe mein Hemd hat?«

»Du trägst immer blaue Hemden«, sagte Robert.

»Ja, gut!« heulte Roberts Papa. »Ich trage immer blaue Hemden, aber heute habe ich ein kariertes an. Hast du gehört, Karin? Er hat's gesagt. Er sieht! Er sieht! Er sieht, daß ich ein kariertes Hemd anhabe.«

»Das hab ich doch gar nicht gesagt«, sagte Robert.

»Das hat er doch gar nicht gesagt«, sagte Mama.

»Aber was hab ich denn für ein Hemd an?« fragte Papa.

»Es ist unsichtbar«, antwortete Robert.

Da fing Mama an zu weinen.

»Dein Hemd ist unsichtbar«, sagte Robert. »Und du bist unsichtbar. Und Mama ist unsichtbar. Eben alles ist unsichtbar. Nur, weil niemand das Licht anknipsen will.«

Da nahm Mama Robert in die Arme und überschüttete ihn mit Küßchen. Robert versuchte so zu tun, als ob er das albern fände, aber eigentlich fand er das nicht. In Wirklichkeit war das sogar ganz schön. Obwohl es vollkommen dunkel war auf der ganzen Welt, schienen ausgerechnet die Umarmungen und Küsse sichtbar zu sein.

»Wir müssen zum Arzt«, sagte Papa energisch. »Dagegen muß man doch was unternehmen können.«

»Zuerst müssen wir anrufen«, sagte Mama.

»Nein, wir fahren auf der Stelle los«, sagte Papa. »Wir haben keine Zeit zu verlieren.«

Aber als Mama sich anziehen wollte, konnte sie sich nicht entscheiden, ob sie duschen sollte oder nicht. Wenn sie nicht duschte, würden sie eher losfahren können. Aber eigentlich müßte sie doch duschen. Man konnte ja nicht wissen, wie lange sie im Krankenhaus bleiben mußten. Gleichzeitig dachte sie, daß sie ja im Krankenhaus duschen könnte, falls sie mehrere Tage dort bleiben mußten. Sie war ganz durcheinander.

»Geh jetzt duschen«, sagte Papa. »Wir laufen dir nicht weg.«

Während Mama duschte, saßen Robert und Papa am Küchentisch und warteten auf sie.

»Hast du das gemeint, als du uns heute nacht geweckt hast?« fragte Papa.

»Ja«, antwortete Robert.

»Und wir haben es nicht verstanden«, sagte Papa seufzend.

»Nein, ihr versteht nichts«, sagte Robert.

Auf dem Weg ins Krankenhaus saß Mama mit Robert auf dem Rücksitz im Auto. Das tat sie sonst nie. Sonst saß sie immer vorn bei Papa. Als Mama sich nach hinten setzte, sagte Papa: »Ich möchte auch da hinten bei meinem kleinen Jungen sitzen.«

»Aber wer fährt dann das Auto?« fragte Mama.

»Ach ja, natürlich«, sagte Papa. »Daran hab ich nicht gedacht.«

Und dann lachten sie alle drei. Es war das erste Mal, daß sie lachten, seit Mama und Papa begriffen hatten, daß es vollkommen dunkel war auf der ganzen Welt. Das war ein gutes Gefühl, fand Robert. Lachen ist nie falsch.

Als sie vorm Krankenhaus ankamen, sprang Papa aus dem Auto und begann, nach einem Rollstuhl zu schreien. Das fand Robert ein bißchen peinlich. Die Krankenschwestern fragten, ob er sich das Bein gebrochen hätte oder so was.

»Nein, er ist plötzlich blind geworden«, antwortete Papa.

»Aha«, sagten die Krankenschwestern.

»Papa«, sagte Robert, »mir macht bestimmt niemand Licht an, wenn ich im Rollstuhl sitze.«

»Nein, aber ich hab gedacht ...«, fing Roberts Papa an.

»Komm, wir gehen«, sagte Robert.

Sie brauchten nicht lange zu warten, dann durften sie zum Arzt hinein.

»Na, wo fehlt's denn?« fragte der Arzt.

»Das war so, Robert ist mitten in der Nacht aufgewacht und hat gesagt, daß es auf der ganzen Welt dunkel ist«, sagte Papa.

»Aber das ist doch keine Krankheit«, sagte der Arzt.

»Wirklich nicht?« sagte Papa. »Hurra!«

»Nein, mitten in der Nacht ist es doch immer dunkel«, sagte der Arzt. »Wenn man was sehen will, muß man Licht anmachen.«

»Aber das ging nicht«, sagte Papa.

Robert seufzte. Erwachsene waren manchmal wirklich hoffnungslos. Als ob sie in dem Augenblick gar nichts kapieren wollten.

»War der Strom vielleicht ausgefallen?« fragte der Arzt.

Robert konnte seiner Stimme anhören, daß er Papa für ziemlich verrückt hielt.

»Ja«, sagte Robert. »Der Strom war ausgefallen. Er ist in ein Loch gefallen und hat nach Gold gegraben.«

Es wurde ganz still. Papa lachte ein bißchen verlegen, das war alles. Vielleicht kann der Arzt endlich zuhören, dachte Robert. Und dann holte er tief Luft. Ich muß es selbst sagen, dachte er.

»Ich bin blind geworden«, sagte Robert.

Da kam Leben in den Arzt. Er leuchtete mit Lampen in Roberts Augen, tröpfelte Augentropfen hinein und drückte an allen möglichen Körperteilen von Robert herum. Schließlich saß er ganz still da.

»Du siehst also nichts?« fragte er Robert. »Absolut nichts?«

»Nein«, sagte Robert. »Es ist vollkommen dunkel auf der ganzen Welt.«

»Und gestern konntest du noch ganz normal sehen?« fragte der Arzt.

»Ja«, antwortete Robert.

So etwas habe er noch nie gehört, sagte der Arzt. Daß jemand mitten in der Nacht wach wird und es vollkommen dunkel auf der ganzen Welt ist, das war die merkwürdigste Krankheit, die er

wie die Erwachsenen erstaunt dastanden und ihn anstarrten.

»Ihr meint also, daß es vollkommen dunkel ist auf der ganzen Welt und daß es immer so bleibt?« fragte Robert.

»Anhand der augenblicklich vorhandenen diagnostischen Unterlagen ist es unmöglich, eine Prognose zu erstellen«, sagte ein Professor.

»Ja, aber das hab ich doch nicht gefragt«, sagte Robert. »Ich möchte wissen, ob es immer vollkommen dunkel auf der ganzen Welt bleibt? Ja oder nein!«

»Ja, es wird immer vollkommen dunkel bleiben«, sagte ein Arzt.

»Und keiner von euch macht das Licht an?« fragte Robert.

»Nein, niemand von uns kann das Licht anmachen«, sagte ein anderer Arzt.

Robert stand eine Weile still da und dachte nach. Dann sagte er: »Wenn das so ist, finde ich, sollten wir wieder nach Hause fahren, Mama und Papa.«

Sind kalte Hamburger eine Katastrophe?

Im Auto sagte Roberts Papa, er fände es unglaublich mutig, daß Robert gesagt hatte, sie sollten nach Hause fahren. Aber Mama redete die ganze Zeit davon, daß es etwas geben mußte, was sie tun könnten.

»Klar gibt es was«, sagte Papa. »Bestimmt finden sie etwas.«

Mama saß wie auf der Hinfahrt hinten bei Robert. Die ganze Zeit sprachen sie darüber, was passieren würde, was sie tun würden, daß es sicher bald vorbei sein würde und so was. Schließlich wandte sich Mama an Robert.

»Wie fühlst du dich, mein Kleiner?«

»Ich hab Hunger«, sagte Robert.

Eine Weile saßen sie still da. Mikaela nahm einige Legoteile und baute etwas.

»Jetzt brauchst du keine Angst mehr zu haben, daß ich mir deine Comics oder so was ausleihe«, sagte Robert.

»Robbi«, sagte Mikaela, »red doch nicht so. Du darfst dir alle meine Sachen ausleihen, so viele du willst.«

»Jetzt kannst du das leicht sagen«, sagte Robert. »Jetzt kann ich es ja nicht mehr.«

»Robbi, Robbi, Robbi«, sagte Mikaela.

Robert überlegte, warum alle seinen Namen dreimal hintereinander sagten, seit es vollkommen dunkel auf der ganzen Welt geworden war. Er konnte sich nicht entscheiden, ob sie es deshalb sagten, weil sie irgendwie glaubten, sie könnten alles ändern, indem sie es dreimal sagten, oder ob sie es sagten, weil sie alles hoffnungslos fanden.

Sie aßen ein Grillhähnchen, das Papa im Supermarkt zum Mittagessen gekauft hatte.

Robert dachte, daß sie es vermutlich deshalb aßen, weil man Hähnchen mit den Fingern essen darf, und dann war es nicht so schlimm, daß es vollkommen dunkel auf der ganzen Welt geworden war. Und zum Essen tranken sie Limonade durch einen Strohhalm direkt aus der Flasche. Das war auch so was, das gerade richtig war, wenn es dunkel war.

Später am Abend wollte niemand fernsehen. Aber Robert dachte, sie trauten sich wohl nicht. Und er dachte, daß man nur noch kalte Hamburger essen darf und sich niemand traut fernzusehen, jetzt, da es vollkommen dunkel auf der ganzen Welt geworden war. Es war total still im Haus.

Überall war es still, nur in Papas Zimmer nicht. Da drinnen saß Papa und telefonierte den ganzen Abend. Durch die geschlossene Tür konnte Robert hören, wie er mit einer Menge Bekannter, die Arzt oder Ähnliches waren, darüber redete, was man tun könnte. Aber schließlich hörte auch Papa zu reden auf, und es war still.

Mama und Papa sagten nur hin und wieder etwas zueinander.

Es war am späten Abend, Robert lag in Mamas und Papas Bett, da hörte er sie dieses eine Wort aussprechen.

»Katastrophe«, sagte Mama.

Und ein wenig später sagte Papa es auch: »Katastrophe.«

Robert wußte sehr wohl, was eine Katastrophe war. Eine Katastrophe ist zum Beispiel, wenn ein Vulkan ausbricht und sich glühende Lava über einen ganzen Landstrich ergießt. Oder wenn irgendwo ein Erdbeben ist und Hunderte von Häusern zusammenbrechen. Eine Katastrophe ist es, wenn ein Flugzeug geradewegs auf ein Hochhaus fällt oder ein riesiges Schiff gegen einen Eisberg fährt.

Aber sind kalte Hamburger eine Katastrophe? Ist es eine Katastrophe, wenn sich niemand traut fernzusehen? Das ist doch wohl keine Katastrophe? Oder doch? Ist es eine Katastrophe, wenn es vollkommen dunkel geworden ist auf der ganzen Welt?

Robert dachte daran, daß Mikaela ihn gefragt hatte, ob es denn nicht schlimm sei, wenn alles ganz dunkel ist. Vielleicht müßte Robert sich fürchten? Vielleicht war Robert mitten in einer riesigen Katastrophe und müßte furchtbare Angst haben?

Daran dachte Robert, während er in Mamas und Papas Bett lag. Er dachte, daß er sich vielleicht riesig fürchten müßte.

Aber als er das gerade beschlossen hatte, schlief er ein, und wenn man schläft, ist es egal, ob es vollkommen dunkel ist auf der ganzen Welt. Denn wenn man schläft, ist es ja sowieso dunkel auf der ganzen Welt.

Man sollte sich vielleicht sehr vor der Dunkelheit fürchten

Als Robert am nächsten Morgen in Mamas und Papas Bett erwachte, war es immer noch vollkommen dunkel auf der ganzen Welt. Mikaela war schon in der Schule, und Mama und Papa saßen in der Küche und tranken Kaffee. Zuerst wußte Robert nicht genau, wo er war, als er aufwachte, aber dann fühlte er das Kopfende von Mamas und Papas Bett, und da fiel es ihm wieder ein. Er kroch aus dem Bett und blieb erst mal auf dem Fußboden stehen.

Wie sah es noch in Mamas und Papas Zimmer aus? Geradeaus war eine Kommode und rechts davon die Tür zur oberen Diele. Robert tastete sich zur Tür. Fast wäre er mit der Stirn gegen den

Türrahmen gestoßen, aber nur fast. Er war die Treppe schon halb hinuntergegangen, da schrie Mama auf.

»Robert!« schrie sie. »Robert, bleib ganz still stehen! Beweg dich nicht! Ich komme! Warte, mein Kleiner!«

Und so ging es den ganzen Tag. Nicht das kleinste bißchen durfte Robert allein machen. Immer trugen sie ihn herum und setzten ihn hin, trugen ihn, setzten ihn hin. Wenn er aufs Klo mußte, durfte er zum Beispiel nicht im Stehen pinkeln. Mama sagte, er könnte ja danebenpinkeln oder auf die Toilettenbrille. Aber darüber hatte sie sich früher auch beschwert, das war also nichts Neues.

Früher, als es nicht vollkommen dunkel war auf der ganzen Welt, hatte Robert immer auf die Toilettenbrille gepinkelt, aber da hatte ihn niemand draufgesetzt und gesagt, daß er deswegen im Sitzen pinkeln sollte. Alles war plötzlich total anders, seit es vollkommen dunkel geworden war auf der ganzen Welt. Niemand glaubte mehr, Robert könnte irgendwas allein schaffen.

Vielleicht war alles doch eine Katastrophe?

Die ganze Woche fuhren sie zu verschiedenen Ärzten und verschiedenen Krankenhäusern, aber niemand konnte erklären, wieso es so dunkel geworden war auf der ganzen Welt, und niemand konnte etwas dagegen machen. Sie sagten, das einzige, was Robert, seine Mama und sein Papa tun könnten, sei warten. Sie sollten abwarten, ob es nicht vielleicht vorbeiging.

Eins hatte Robert jedenfalls gemerkt. Wenn es vollkommen dunkel auf der ganzen Welt ist, kann man viel besser hören. Manchmal fühlte er sich wie ein einziges riesiges Ohr. Er hörte einfach alles. Manchmal konnte er sogar hören, wie ein Zimmer aussah. Oder wie jemand, der durch dieses Zimmer ging, aussah. Es war fast so, als ob er mit den Ohren in der Dunkelheit sehen konnte.

Wie zum Beispiel an einem Nachmittag, als Robert auf dem Sofa saß und eine Märchenkassette hörte und es an der Tür klingelte. Mama ging öffnen. Es war Kurt, einer von Roberts Klassenkameraden.

»Ist Robert immer noch nicht wieder gesund?« fragte Kurt. »Darf er nicht rauskommen und spielen?«

Mama flüsterte fast, als sie antwortete. Als ob sie wollte, daß Robert ihre Antwort nicht hörte. Aber Robert hörte alles in der Dunkelheit. Es war, als ob sein riesiges Ohr bis hinaus in die Diele reichte.

Niemand wußte, was sie tun sollten. Sie konnten nur warten und warten und warten, und wenn nichts passierte, würden sie weiter warten und warten.

An diesem Tag saß Robert in seinem Zimmer und tastete sein Spielzeug ab. Vor ihm lagen ein Haufen Plastikfiguren, mit denen er immer gespielt hatte. Plötzlich kriegte er diese Monsterfigur, die Dracula vorstellen sollte, in die Finger. Robert fiel ein, daß er genau auf diese Figur getreten war in jener Nacht, als es vollkommen dunkel geworden war auf der ganzen Welt.

Er nahm die Figur in die Hand, erhob sich und setzte sich auf die Bettkante. Plötzlich bildete er sich ein, daß ihn diese Draculafigur gebissen hatte. Sie war schuld daran, daß es vollkommen dunkel geworden war auf der ganzen Welt. Zuerst wurde ihm ganz kalt, und dann wurde er furchtbar wütend, und dann hatte er große Angst.

Es war wohl doch eine Katastrophe. Nie mehr würde Robert mit seinen Freunden spielen, mit Kurt, Bosse und Rickard, und nie mehr würde er in die Schule gehen, und dauernd würde es kalte Hamburger geben, und niemand würde mehr fernsehen. Vielleicht war das eine viel schlimmere Katastrophe als alle ausbrechenden Vulkane und

Erdbeben auf der Welt. Er warf die Draculafigur durchs Zimmer.

»Blöde Dunkelheit!« sagte er. »Blöde, blöde, superblöde Dunkelheit!«

Und dann fing er an zu weinen. Es war das erste Mal, daß er weinte, seit es vollkommen dunkel geworden war auf der ganzen Welt. Er weinte und weinte, und dann dachte er, daß er sich vielleicht doch fürchten sollte. Vielleicht sollte er sich vor der Dunkelheit fürchten.

Aber in dem Augenblick schaukelte das Bett ein wenig. Ungefähr so, wie wenn sich jemand neben einen auf die Bettkante setzt. Robert saß ganz still und lauschte. Mit seiner einen Hand tastete er über die Decke, um zu fühlen, ob da jemand war. Und plötzlich hörte er eine Stimme sagen: »Man kann sich doch nicht vor der Dunkelheit fürchten, wenn es sowieso vollkommen dunkel ist auf der ganzen Welt.«

Die Stimme klang sehr ruhig. Sie klang, als ob jemand etwas Lustiges zu erzählen hatte, aber nicht sagen wollte, was es war.

»Wer ist da?« fragte Robert und tastete mit der Hand über die Decke. Plötzlich spürte er eine andere Hand, die seine berührte. Die andere Hand war warm und weich.

das Bett wieder ein wenig schaukelte, als ob der Mann aufgestanden wäre.

»Hallo«, sagte Robert, »wo bist du geblieben?«

»Hier bin ich«, sagte der unsichtbare Mann.

Robert hörte, daß die Stimme von oben kam. Fast vom höchsten Schrank herunter.

»Wo bist du?« fragte er.

»Dort, wo du glaubst, daß ich bin«, sagte der unsichtbare Mann. »Oben auf dem Schrank.«

»Wie bist du da raufgekommen?« fragte Robert. »Kannst du fliegen?«

»Ja«, sagte der unsichtbare Mann. »Kannst du das nicht?«

»Nein«, sagte Robert, »ich glaub nicht.«

»Aber ganz sicher bist du nicht, oder?« fragte der unsichtbare Mann. »Vielleicht hast du es nur noch nie ausprobiert?«

»Nein, da hast du recht«, sagte Robert.

»Das versteh ich«, sagte der unsichtbare Mann. »Man kann ja nicht einfach so losfliegen, wenn man es noch nie gemacht hat. Das wär was! Man könnte ja runterfallen, und dann wäre man tot. Aber manchmal kann man fliegen. Das können alle.«

»Und wie?« fragte Robert.

»Wenn es nicht darauf ankommt, ob man fliegen

kann oder nicht, dann kann man fliegen«, sagte der unsichtbare Mann. »Manche glauben, es genügt, wenn man nur unsichtbar ist, dann kann man auch fliegen. Aber so ist das keineswegs. In Wirklichkeit ist es genau umgekehrt. Dann, wenn es ganz egal ist, ob man fliegen kann oder nicht, dann kann man es. Aber deswegen bin ich ja nicht hergekommen …«

»Was machst du denn hier?« fragte Robert. »Wie bist du überhaupt hergekommen?«

»Ja, wie bin ich hierhergekommen?« murmelte der unsichtbare Mann. »Das ist ja das Problem. Dauernd vergeß ich, woher ich komme. Vielleicht aus einem Buch. Ja, so ist das wohl gewesen. Jemand hat ein Buch aufgeschlagen, und da war ich.«

»Aber was machst du hier?«

»Das hab ich auch vergessen«, sagte der unsichtbare Mann. »Aber warte mal, jetzt erinnere ich mich. Da war was mit ausbrechenden Vulkanen und einem riesigen Erdbeben. Bin ich dann hier richtig?«

»Na ja«, sagte Robert, »irgendwie schon.«

»Was heißt, irgendwie schon?« fragte der unsichtbare Mann. »Ist hier ein Vulkan ausgebrochen, oder hat es ein riesiges Erdbeben gegeben?«

»Hörst du das nicht? Wie Elektromixer nicht Schlagzeug und aufgezogene Babyspielsachen nicht Gitarre spielen können.«

Da lachte der unsichtbare Mann noch mehr.

»Komm«, sagte Robert, »wir gehen in mein Zimmer. Am besten, wir machen die Tür zu Mikaelas Zimmer zu. Ich glaub, ich hab hier einiges ziemlich durcheinandergebracht.«

Dann saßen Robert und der unsichtbare Mann in Roberts Zimmer und hörten sich Kassetten an. Der unsichtbare Mann hatte zwar keinen Kopfhörer, aber er sagte, er könne es auch so hören. Robert begriff nicht recht, wie das funktionieren sollte, aber er vermutete, daß unsichtbare Männer eben einen unsichtbaren Kopfhörer oder so was dabei hätten.

Als Mikaela nachmittags nach Hause kam, saßen Robert und Mama zusammen und aßen Wecken und tranken Saft. Der unsichtbare Mann wartete in Roberts Zimmer auf Robert. Robert hatte gesagt, da der unsichtbare Mann ja sowieso unsichtbar war, könnte er doch mit runterkommen und Wecken essen. Aber der unsichtbare Mann wollte lieber ein bißchen mit den Legosteinen bauen.

Eine Weile blieb Mikaela bei Mama und Robert

am Küchentisch sitzen. In der letzten Zeit war sie sehr nett zu Robert gewesen. Vorher hatten sie sich häufig furchtbar gezankt. Wenn sie sich gerade nicht zankten, pflegte Papa zu sagen, man müßte eine UNO-Truppe bestellen, um sicherzugehen, daß der Waffenstillstand nicht gebrochen wurde. Aber seitdem es vollkommen dunkel auf der ganzen Welt geworden war, war Mikaela sehr nett.

Deswegen dachte Robert nicht daran, wie es in Mikaelas Zimmer aussehen mochte, nachdem er und der unsichtbare Mann nach ihrem Walkman gesucht hatten. Übrigens mochte Mikaela es überhaupt nicht, wenn er ihren Walkman auslieh. Aber daran dachte Robert in diesem Augenblick auch nicht, während sie am Küchentisch saßen und nett zueinander waren und der unsichtbare Mann in Roberts Zimmer mit den Legosteinen baute.

Aber als Mikaela nach oben ging, um ihre Hausaufgaben zu machen, da fiel es Robert wieder ein, wie es dort aussehen mußte. Und richtig – als Mikaela die Tür zu ihrem Zimmer geöffnet hatte, ertönte ein Schrei. Sie schrie so, daß sich die Wände fast bogen.

»Robbi«, schrie sie, »Robbi, du hoffnungsloses gräßliches Gör, du widerlicher idiotischer Rotzbengel, du! Ich hasse dich!«

Mama begriff zwar, daß irgendwas passiert sein mußte, aber sie versuchte trotzdem so zu tun, als ob nichts wäre.

»Aber Mikaela, wie redest du denn?« sagte sie.

Doch als sie dann mit Robert hinaufkam, verstand sie im tiefsten Innern, warum Mikaela so böse war.

Der ganze Inhalt von Mikaelas Schubladen lag auf ihrem Schreibtisch verstreut, der Papierkorb war umgekippt, genau wie der Ständer, auf den sie immer ihre Kleider hängte.

»Du ekelhaftes Monster-Gör!« schrie Mikaela.

»Sprich nicht so mit Robert«, sagte Mama.

»Er ist widerlich«, schrie Mikaela. »Dauernd verteidigst du ihn, seit er blind ist. Das ist doch nicht meine Schuld. Er hat in meinem Zimmer nichts zu suchen.«

»Was wolltest du denn überhaupt bei Mikaela?« fragte Mama Robert.

»Ich wollte ihren Walkman ausleihen«, sagte Robert.

»Er darf meinen Walkman nicht nehmen!« schrie Mikaela. »Das weiß er. Wo ist er? Wo hast du ihn gelassen, verdammter Kerl!?!«

»Ich hab ihn ausgeliehen!« schrie Robert zurück.

»Ausgeliehen!« kreischte Mikaela. »Bist du verrückt? Ausgeliehen, an wen hast du ihn ausgeliehen!?!«

»An einen unsichtbaren Mann natürlich!« schrie Robert. »An wen denn sonst!«

Robert war so wütend, daß er Tränen in den Augen hatte, und Mikaela schrie weiter, während sie in Roberts Zimmer ging. Aber als sie die Tür öffnete, verstummte sie.

»Robert«, keuchte sie.

»Was ist, Mikaela?« fragte Mama und ging zur Tür. Und da verstummte auch Mama.

»Was ist passiert?« fragte Robert.

»Hast du das da gebaut?« fragte Mama.

Robert konnte nicht heraushören, ob ihre Stimme böse oder froh klang.

»Was?« fragte er. Er konnte sich schon denken, daß es irgendwas war, was der unsichtbare Mann getan hatte. Etwas Unerhörtes.

»Diesen Riesen aus Legosteinen«, sagte Mama. »Er steht mitten im Zimmer mit Mikaelas Walkman-Kopfhörer auf den Ohren. Hast du den gebaut?«

»Wer denn sonst?« sagte Robert und versuchte ganz unbefangen zu tun. »Etwa ein unsichtbarer Mann?«

An diesem Tag zankte Mikaela sich nicht mehr

mit Robert, und Mama half ihr, das Zimmer aufzuräumen.

Währenddessen stand Robert lange da und tastete den riesigen Legokerl ab.

Der unsichtbare Mann war verschwunden. Es war, als ob es ihn nie gegeben hätte.

Blinde haben einen Stock

Erst am nächsten Wochenende tauchte der unsichtbare Mann wieder auf. Samstag hatte Robert sich zur Abwechslung warme Hamburger gewünscht, und da war die ganze Familie in die Stadt gefahren und war in ein Lokal gegangen, in dem es Hamburger gab.

Trotzdem war es langweilig. Sonntag hatte Robert einige Jungen, vielleicht waren es seine Freunde, schreiend und lachend auf dem Fahrrad draußen vorbeifahren hören. Da fiel ihm sein eigenes Fahrrad ein. Wahrscheinlich stand es jetzt ganz hinten in der Garage, verstaubt und verlassen. Vermutlich war die Luft raus aus den Reifen, und der hohe Wimpel am Gepäckträger hing traurig herunter. Alles war traurig, langweilig, dunkel und hoffnungslos.

Montag wollte Mama wieder zur Arbeit gehen, und Großmutter sollte kommen und auf Robert aufpassen. Mama und Papa sagten, sie müßten die Sache erst mal in den Griff kriegen. Sie wollten einen Kurs besuchen, in dem man lernte, wie man sich verhalten mußte, wenn man ein Kind hat, das nicht sehen kann. Und dann wollte man weitersehen.

»Aber ich will wieder zur Schule gehen«, sagte Robert.

Mama streichelte ihm über die Wange. »Später kannst du wieder zur Schule gehen«, sagte sie.

»Wir werden eine Schule für dich suchen, in die blinde Kinder gehen«, sagte Papa.

»Ich will jetzt zur Schule«, sagte Robert. Aber darauf bekam er keine Antwort.

Montag morgen kam Großmutter, bevor Mama und Papa zur Arbeit gingen.

»Heute machen wir es uns richtig schön«, sagte Großmutter, als sie allein miteinander waren.

Und eine Weile war es schön. Aber nach dem Mittagessen, als Großmutter mit Robert auf dem Sofa saß und etwas aus einem Buch vorgelesen hatte, wurde sie plötzlich ganz still. Sie hatte einige Male gegähnt beim Lesen, und dann plötzlich, mitten in einem Satz, hörte sie auf zu lesen. Jetzt ist Großmutter wieder eingeschlafen, dachte Robert. Das machte sie dauernd. Im Schlafen war die Großmutter am besten.

Er überlegte, wie er sie wecken sollte. Aber eigentlich fand er es ganz schön, daß es still im Haus war. Und plötzlich plumpste jemand aufs Sofa, und Großmutter grunzte ein bißchen.

»Was machst du?« fragte der unsichtbare Mann.

»Großmutter schläft«, flüsterte Robert.

»Jaha, wollen wir sie wecken?« fragte der unsichtbare Mann.

»Nein«, sagte Robert.

»Deine Stimme klingt unzufrieden«, sagte der unsichtbare Mann. »Stimmt irgendwas nicht?«

»Ich will in die Schule«, sagte Robert. »Ich will was tun. Ich will nicht so allein sein.«

»Warum gehst du dann nicht in die Schule?« fragte der unsichtbare Mann.

»Mama und Papa wollen es nicht«, sagte Robert. »Sie sagen, ich soll erst später in die Schule gehen, in eine andere Schule. Aber dann ist vielleicht das ganze Leben vorbei.«

»Ich komm morgen mit dir in die Schule«, sagte der unsichtbare Mann. »Möchtest du das?«

»Ja, aber findest du denn hin?« fragte Robert.

»Nein, aber du findest doch hin?« sagte der unsichtbare Mann.

»Ich seh doch nichts«, sagte Robert.

»Ich doch auch nicht, und trotzdem finde ich hin«, sagte der unsichtbare Mann. »Das ist also kein Problem. Wir müssen jetzt nur überlegen, wie wir es machen. Morgen müssen wir früh aufstehen, damit wir es vorm ersten Klingeln schaffen. Was machen die Leute, die nichts sehen können, wenn sie ausgehen?«

»Blinde haben einen Stock«, sagte Robert. »Einen weißen Stock.«

»Genau«, sagte der unsichtbare Mann. »Hast du einen weißen Stock?«

»Nein«, sagte Robert.

»Dann müssen wir einen besorgen. Wo gibt es Stöcke?«

»Im Schrank in der Diele steht ein alter Stock, der hat Großvater gehört«, sagte Robert. »Vielleicht können wir den anmalen?«

»Gute Idee«, sagte der unsichtbare Mann.

Sie schlichen in die Diele, ohne daß Großmutter wach wurde. Nachdem sie viele Winkel durchsucht hatten, fanden sie den Stock endlich. Er stand tief hinten im Schrank hinter einigen Mänteln. Sakkos und Jacken fielen zu Boden, als sie im Schrank herumwühlten. Plötzlich hörte Robert, wie ein Paar Schuhe neben ihm klapperten.

»Was machst du da?« fauchte Robert. »Bist du verrückt? Großmutter könnte davon aufwachen.«

»Ich steppe nur ein bißchen«, sagte der unsichtbare Mann. »Ich hab mir die Schuhe von deinem Papa geliehen und schwinge ein wenig das Tanzbein. Das ist echt Spitze. Was meinst du, ob ich mir die Schuhe ausleihen darf?«

»Jaja«, antwortete Robert. »Wenn du nur still bist. Jetzt gehen wir in die Garage und malen den Stock weiß an.«

Auf dem Weg in die Garage stolperte Robert geradewegs in ein Beet, und dann blieb er fast an der Wäscheleine hängen.

»Was treibst du denn da?« fragte der unsichtbare Mann.

»Ich grab das Beet um und hänge Wäsche auf, ist doch klar«, sagte Robert. »Was hast du denn gedacht?«

Schließlich hatten sie die Garage gefunden. Robert wußte, daß sein Papa all seine Farbtöpfe und Pinsel in einem Schrank neben der Tür aufbewahrte. Er kriegte den Schrank auf. Hinter sich hörte er den unsichtbaren Mann in Papas Schuhen über den Kies herangeschlurft kommen. Plötzlich fing Robert an zu lachen.

»Was ist denn so witzig?« fragte der unsichtbare Mann.

»Ich hab mir nur vorgestellt, daß es wahnsinnig komisch aussehen muß, wie Papas Schuhe allein unterwegs sind«, sagte Robert.

»Meinst du, die Leute haben noch nie ein Paar etwas zu große Herrenschuhe auf einem Spaziergang gesehen?« fragte der unsichtbare Mann ernst.

»Nein, wirklich nicht«, sagte Robert. Er fingerte an den Behältern im Schrank herum und war bekümmert.

»Woran denkst du?« fragte der unsichtbare Mann.

»Ich überlege, welche dieser Dosen weiße Farbe enthält«, antwortete Robert.

»Das ist tatsächlich schwer rauszukriegen«, sagte der unsichtbare Mann. »Nicht genug damit, daß ich schlecht sehe, ich bin auch noch farbenblind.«

»Wir probieren die größte Dose aus«, sagte Robert. »Weiße Farbe kauft man in großen Dosen.«

Er hob die größte Dose, die er finden konnte, aus dem Regal. Mit einiger Anstrengung schaffte er es endlich, den Deckel der Dose zu öffnen.

»Was meinst du?« fragte Robert. »Ist das weiße Farbe?«

»Ich finde, sie riecht, als ob sie lila wäre«, sagte der unsichtbare Mann.

»Wie willst du das wissen?« fragte Robert.

»Farben riechen unterschiedlich«, sagte der unsichtbare Mann.

»Und wie riecht die?« fragte Robert.

»Sie riecht lila«, sagte der unsichtbare Mann. »Lila riecht stark und ein wenig stechend, ungefähr wie Essig, weißt du. Aber sie riecht auch ein bißchen nach schwarzer Farbe. Ein wenig wie Asphalt, meine ich.«

Robert hob eine weitere Dose aus dem Regal. Er ließ sie fallen, und dabei ging der Deckel von ganz allein auf. Roberts Hände klebten schon von Farbe. Jetzt fühlte er, daß es auch unter seinen Füßen klebte.

»Entschieden keine weiße Farbe«, sagte der unsichtbare Mann. »Diese riecht wie blaue. Wie ein künstlicher Himmel oder wie ein Swimmingpool auf dem Mond.«

»Ein Swimmingpool auf dem Mond?« fragte Robert.

»Du wirst doch wohl wissen, daß alle Swimmingpools auf dem Mond blau sind«, sagte der unsichtbare Mann. »Knallblau, und auf den Wellen schaukeln kleine gelbe Plastikenten herum.«

»Nein, das hab ich nicht gewußt«, sagte Robert.

»Ich dachte, das wüßte jeder«, sagte der unsichtbare Mann.

Ganz hinten im Regal entdeckte Robert eine riesige Dose und stellte sie auf den Fußboden. Der Deckel saß ziemlich locker und ließ sich rasch abnehmen. Robert hörte den unsichtbaren Mann schnuppern. »Na, was meinst du?« fragte Robert.

»Ah, weiß wie Schnee«, sagte der unsichtbare Mann. »Jetzt fehlt nur noch ein Pinsel.«

Robert fand einen Pinsel. Aber die Borsten waren ganz steif und hart.

»Der muß gehen«, sagte Robert. »Wenn du den Stock festhältst, streich ich ihn an.«

Robert tauchte den Pinsel in die Farbe und begann den Stock anzustreichen.

»Hilfe, du malst mich ja an!« schrie der unsichtbare Mann. »Jetzt hast du meine Nase ganz weiß gemacht.«

»Entschuldige«, sagte Robert. »Ich dachte, ich streich den Stock an.«

»Meine Nase sieht aber wirklich nicht aus wie ein Stock«, sagte der unsichtbare Mann.

»Wie sieht sie denn aus?« fragte Robert.

»Weiß ich nicht«, sagte der unsichtbare Mann. »Ich bin ja unsichtbar.«

Schließlich meinte Robert, der Stock sei fertig gestrichen. Er fühlte sich jedenfalls ganz klebrig an.

»Wir stellen ihn hinten in die Garage, damit er bis morgen trocknet«, sagte Robert.

»Sonnenbrille«, sagte der unsichtbare Mann. »Blinde tragen immer Sonnenbrillen, wenn sie ausgehen.«

»Ich weiß, wo Mikaelas Sonnenbrille ist«, sagte Robert. »Wir können sie von ihr leihen.«

»Meinst du, sie hat auch eine für mich?« fragte der unsichtbare Mann.

»Klar«, antwortete Robert.

»Aber wird deine Schwester nicht böse, wenn wir ihre Sonnenbrillen nehmen?« fragte der unsichtbare Mann.

»Doch«, sagte Robert.

In dem Augenblick ertönte ein mächtiges Geheul aus dem Haus.

»ROBERT!!!«

Großmutter war aufgewacht. Ihre Stimme klang wie verrückt.

»ROBERT!« schrie sie wieder.

»Hier bin ich, Großmutter!« rief Robert.

»Ich geh jetzt wohl besser«, sagte der unsichtbare Mann. »Wir sehen uns also morgen früh.«

»Nein, warte«, sagte Robert.

Aber der unsichtbare Mann war schon verschwunden, und Robert war allein in der Garage. Er tastete sich durch die Garagentür hinaus, und da kam Großmutter schon angelaufen. Sie heulte und ächzte.

»Aber Robert, wo bist du gewesen?« heulte Großmutter. »Und wie du aussiehst! Du darfst nicht einfach so weggehen. Was hast du getrieben?«

»Ich wollte nur mal nach meinem Fahrrad sehen«, sagte Robert, »und da bin ich über ein paar Farbdosen gestolpert.«

»Begreif doch, du mußt im Haus bleiben«, sagte Großmutter.

»Warum?« fragte Robert.

»Sonst könnte ja wer weiß was passieren«, sagte Großmutter.

»Wer weiß was ist ja schon passiert«, sagte Robert.

Und dann zog Großmutter Robert aus. Seine Sachen waren voller Farbflecken. Und sie seufzte und sagte, er hätte sogar in den Haaren Farbe. Da fiel Robert der unsichtbare Mann ein, und er sagte: »Immerhin nicht auf der Nase.«

»Nein, nicht auf der Nase«, sagte Großmutter und nahm Robert in die Arme.

Als Mama und Papa nach Hause kamen, wurden sie auch fast verrückt. Sie schrien und schimpften und waren furchtbar aufgebracht. Und als Papa in der Garage gewesen war, kam er ganz außer sich wieder herein.

»Robert!« schrie er. »Meine Schuhe! Meine besten Schuhe sind total verdorben von Malerfarbe.«

»Das war ich nicht«, sagte Robert.

»Du nicht?« brüllte Papa. »Wer war es denn dann?«

»Ein unsichtbarer Mann, den ich kenne«, sagte Robert.

»Ein unsichtbarer Mann!« jaulte Papa. »Ich werd verrückt! Ich werd verrückt!«

Aber natürlich wurde Papa nicht verrückt. Er und Mama beruhigten sich. Und als sie Robert abends ins Bett brachten, verlangten sie von ihm, daß er versprach, nie mehr das Haus zu verlassen.

»Nie mehr?« fragte Robert.

»Jedenfalls niemals allein«, sagte Papa.

Da dachte Robert, daß er ja nicht rausgegangen

wäre, wenn der unsichtbare Mann nicht dabeigewesen wäre.

»Ich verspreche, daß ich nie mehr allein rausgehe«, sagte Robert. Das war kein bißchen gelogen, weil der unsichtbare Mann ja mitgehen würde.

Bevor Robert einschlief, fühlte er mit der Hand unter seinem Kopfkissen nach. Da lagen zwei von Mikaelas Sonnenbrillen. Das war die mit den glitzernden Vogelschwingen und die mit den Mickymaus-Ohren an den Seiten. Eine für Robert und eine für den unsichtbaren Mann.

Perfekt, dachte Robert, morgen gehen wir zur Schule.

Ist die Schule etwa nicht für alle da?

Früh am nächsten Morgen weckte der unsichtbare Mann Robert.

»Bist du noch nicht fertig?« fragte er.

»Wie spät ist es?« fragte Robert gähnend.

»Das weiß ich nicht«, sagte der unsichtbare Mann. »Aber es ist noch früh. Hast du die Sonnenbrillen?«

Robert zog sie unter dem Kopfkissen hervor. Als der unsichtbare Mann sie in der Hand fühlte, schrie er auf vor Freude.

»Ich nehm die mit den Mickymaus-Ohren«, sagte Robert.

Er hatte seine Sachen schon am Abend vorher bereitgelegt, damit er sich leichter anziehen konnte. Rasch zog er seine Hose, das Hemd und den Pullover an. Sie schlichen die Treppe hinunter. Aus Mamas und Papas Schlafzimmer hörte Robert Papa schnarchen. Jetzt werden sie wieder verschlafen, dachte Robert. Er zog seine Jacke an und machte vorsichtig die Tür hinter sich zu.

In der Garage stand der Stock und wartete. Er war über Nacht getrocknet. Robert nahm ihn in die Hand und schlug ein wenig mit der Spitze auf den Zementfußboden der Garage. Als es ein bißchen widerhallte, meinte er die ganze Garage vor sich sehen zu können.

»Okay«, sagte Robert, »gehen wir.«

Sie mußten eine Weile herumtasten, ehe sie die Gartenpforte fanden und auf die Straße kamen. Aber dann ging es ein gutes Stück voran. Robert ertastete mit dem Stock, wo der Asphalt aufhörte und der Straßengraben mit Grasbüscheln und Schotter begann.

»Das geht ja ganz prima«, sagte Robert.

»Wie ein Tanz«, sagte der unsichtbare Mann.

Robert hörte Schuhabsätze hinter sich klappern. »Hast du wieder Papas Schuhe an?« fragte er lachend.

»Klar, ich bin schließlich ein echter Gesang- und Tanzmann«, sagte der unsichtbare Mann.

Und dann begann er ein altes Lied zu singen von einem alten Mann, der sich einen Zylinder aufsetzt und einen Frack anzieht, weil er tanzen gehen will. Robert lachte und versuchte mitzusingen.

»Und dann kommt ein Junge«, sang der unsichtbare Mann. »Unsichtbar wie ein Pups auf dem Klo. Er trägt eine Sonnenbrille. Und sein Hobby ist Jazztanz. Er hat Farbflecken auf den Schuhen, aber was macht das? Darum braucht sich keiner zu kümmern, der sowieso nicht sehen kann.«

Und in dem Augenblick stolperte Robert und fiel in den Graben. Sein eines Hosenbein wurde platschnaß.

»Typisch«, sagte Robert, »saubere Hosen.«

Aber als er aus dem Graben gekrabbelt war, wußte er nicht mehr, wo er war. Auf gut Glück bogen sie an einer Kurve ab, die Robert mit seinem Stock ertastete. Die Luft war ein wenig kalt, und die Vögel zwitscherten. Hin und wieder kam ein Auto vorbei, aber keins hielt an. Plötzlich hörte Robert, wie sich rennende Schritte näherten.

»Robbi«, hörte er eine Stimme rufen.

Das ist Kurt. Endlich, dachte Robert.

»Willst du zur Schule?« fragte Kurt.

»Ja«, sagte Robert.

»Dann bist du also wieder gesund?«

»Ich bin doch nicht krank gewesen«, sagte Robert. »Ich kann nur nichts mehr sehen.«

»Ach«, sagte Kurt. »Und dir tut auch das Bein nicht weh?«

»Nein«, sagte Robert.

»Ich dachte ... weil du am Stock gehst«, sagte Kurt.

»Das ist mein Blindenstock«, sagte Robert.

»Aber sind Blindenstöcke nicht weiß?« fragte Kurt. »Der da ist ja grün und ein bißchen gelb und ein bißchen rot.«

Robert hörte den unsichtbaren Mann hinter sich kichern.

»Oje«, sagte Robert. »Dann muß ich heute morgen den falschen genommen haben.«

Dann gingen Robert und Kurt weiter und unterhielten sich ein bißchen. Einmal wäre Robert fast gegen einen Laternenpfahl gelaufen, aber Kurt zog ihn zur Seite.

»Du bist wohl tatsächlich blind«, sagte Kurt.

»Klar bin ich das«, sagte Robert. »Was hast du denn gedacht?«

Sie hörten es klingeln, ehe sie die Schule erreicht hatten. »Beeil dich«, sagte Kurt. »Wir laufen.«

»Lauf du schon vor«, sagte Robert. »Ich komm nach.«

Kurt stürzte davon.

»Wer war das?« fragte der unsichtbare Mann.

»Kurt«, sagte Robert. »Er ist mein Kumpel.«

»Ungefähr wie ich?« fragte der unsichtbare Mann. »Aber nicht nur so als ob?«

»Ungefähr so«, antwortete Robert.

Es dauerte eine Weile, bis sie Roberts Klassenzimmer fanden. Als sie hereinkamen, fing die ganze Klasse an zu kichern.

»Aber Robert«, sagte die Lehrerin, »was machst du denn hier?«

»Ich geh doch in diese Klasse«, sagte Robert. »Haben Sie das vergessen? Das ist doch die erste Klasse?«

»Sicher«, sagte die Lehrerin. »Aber, lieber Robert, du kannst doch nicht hier sein ... Wie solltest du ...«

»Ist die Schule etwa nicht für alle da?« fragte Robert.

»Doch«, sagte die Lehrerin.

»Na also«, sagte Robert und tastete sich mit Hilfe des Stocks zu seinem Platz.

Aber er blieb mit dem Stock an einigen Tischbeinen hängen, und als er ihn wieder herausziehen wollte, warf er eine Schultasche um. Die ganze Klasse lachte.

»Will denn niemand Robert helfen?« fragte die Lehrerin.

Da sprang die ganze Klasse auf. Fast trugen sie Robert zu seinem Platz.

»Jetzt will ich lesen lernen«, sagte Robert.

»Aber, kleiner Robert«, sagte die Lehrerin, »du kannst doch nicht sehen.«

»Irgendwie wird es schon gehen«, sagte Robert. Er legte den Stock weg. »Das ist mein Blindenstock«, sagte er. »Aber er hat die falsche Farbe, hat Kurt gesagt.«

Alle Kinder lachten, und vom Regal beim Fenster konnte Robert hören, daß der unsichtbare Mann auch lachte.

»Na gut«, sagte die Lehrerin. »Ich hab eine Idee.«

Sie zog eine Schublade am Katheder auf und holte einen Karton hervor.

»Hier sind die Buchstaben aus Pappe, mit denen wir früher gearbeitet haben«, sagte sie. »Ich werde sie verteilen, und dann setzt ihr immer zu zweit Wörter daraus zusammen. Aber derjenige, der das Wort lesen soll, das der andere gelegt hat, muß die Augen zumachen. Habt ihr das alle verstanden? Ihr dürft die Buchstaben nur mit den Fingern abtasten und müßt das Wort raten.«

Die Kinder kicherten, während die Lehrerin die Buchstaben verteilte. Einige versuchten erst heimlich zu gucken, als sie das Wort ertasten sollten, das der andere gelegt hatte. Aber das machte irgendwie keinen Spaß, und dann schlossen sie also alle die Augen, wie sie sollten. Schließlich sagte die Lehrerin, daß auch diejenigen, die die Wörter gelegt hatten, die Augen schließen sollten. Alle machten die Augen zu.

»Und Sie?« fragte Johan, der ganz vorn im Klassenzimmer saß.

»Ja, ich mach auch die Augen zu«, sagte die Lehrerin.

Da lachten alle.

Aber dann, als sie anfingen, Wörter füreinander zu legen, da wurde es fast ganz still. Alle waren plötzlich unerhört ernst.

Daß es so was Ernstes sein kann, sich Wörter auszudenken, dachte Robert.

Ramona legte Wörter für Robert. Das erste Wort war Katze. Das war ziemlich einfach. Aber das zweite Wort, Fahrrad, das war schwerer. Eigentlich hatten sie noch gar nicht so viel in der Schule gelernt. Aber das machte nichts, fand die Lehrerin. Sie sagte, man müßte es eben ausprobieren.

Mittendrin hörte Robert, wie es quietschte. Jemand schrieb etwas mit Kreide vorn an die schwarze Tafel. Aber die anderen schienen es nicht zu bemerken. Robert begriff sofort, daß es der unsichtbare Mann war. Er hoffte, daß es niemand merkte. Aber in dem Augenblick hörte er jemanden seinen Namen sagen.

»Robert«, sagte die Stimme, »hier bist du?!« Aber das war nicht die Stimme des unsichtbaren Mannes. Das war die Stimme von Roberts Papa.

»Wie wir nach dir gesucht haben, Robert«, sagte Papa. »Wie konntest du nur? Wie konntest du einfach so abhauen, Robert?«

»Ich geh doch sonst auch jeden Tag in die Schule«, sagte Robert. »Das weißt du doch!«

Aber es war, als ob Papa das nicht wüßte. Obwohl die Lehrerin versicherte, daß er überhaupt keine Umstände gemacht hätte, sagte Papa, es wäre wohl das beste, wenn Robert mit nach Hause käme.

Die Lehrerin sagte, Robert dürfte sie gern ein andermal wieder besuchen.

»Besuchen?« sagte Robert. »Ich geh doch in diese Schule. Das ist doch meine Schule! Das ist doch meine Klasse!«

Da sagten weder die Lehrerin noch Papa etwas. Papa sagte nur, daß Robert sie bestimmt gern ein andermal besuchen würde. Dann zog er ihn mit sich aus dem Klassenzimmer.

»Warte«, rief Robert. »Der Stock! Mein Stock!«

Papa mußte lachen, als er Roberts Stock sah.

»Das hast du gestern also gemacht«, sagte er. »Ich bin gespannt, was Mama sagt, wenn sie sieht, daß du den alten Stock von ihrem Vater verdorben hast.«

»Ich hab ihn nicht verdorben«, sagte Robert. »Ich hab nur einen Blindenstock draus gemacht.«

Da lachte Papa wieder. »Und warum hast du meine bekleckssten Schuhe mitgenommen?«

Ehe Robert darauf antworten konnte, keuchte die Lehrerin plötzlich: »Was ist das denn? Wer hat das geschrieben?«

Robert verstand, daß sie auf etwas zeigte, was jemand an die Tafel geschrieben hatte. Niemand wußte, wer das getan hatte. Nur Robert wußte, daß es der unsichtbare Mann gewesen war.

»Was steht da?« fragte Robert.

»Man ist nicht unsichtbar, nur weil man nicht sehen kann«, las die Lehrerin vor.

»Ja, genau«, sagte Robert.

»Ich finde, Robert sollte heute hierbleiben«,

sagte die Lehrerin. »Ich bring ihn am Nachmittag nach Hause. Dann werden wir weitersehen.«

Zuerst wollte Papa nicht, aber schließlich gab er nach. Also blieb Robert den ganzen Tag in der Schule. In den Pausen ging er mit den anderen Kindern hinaus. Einige ärgerten ihn ein bißchen, als er einmal stolperte, und Gunilla schimpfte mit ihm, weil er das Springseil zur falschen Seite schlug, als die anderen springen wollten.

Sonst ging es ziemlich gut. Aber beim Mittagessen stieß er natürlich sein Milchglas um. Da zischte ihm jemand »Blindschleiche« zu. Darüber wurde Robert ein wenig traurig.

In der nächsten Pause stand er allein an der Klassentür. Plötzlich kamen ein paar Jungs vorbeigestürmt. Robert hörte, daß sie nicht aus seiner Klasse waren. Und mit einemmal kam ein Ball angeflogen und traf ihn direkt am Ohr. Es brannte, und seine Wangen wurden heiß.

»Hau ab da, Blödmann«, sagte einer der Jungen und stieß Robert in die Seite.

Robert war ganz verwirrt. Bis jetzt war alles so gutgegangen. Und jetzt war es, als ob er nicht wüßte, wo er war.

»Sind sie böse zu dir?« hörte er den unsichtbaren Mann plötzlich fragen.

Robert war ganz überrascht, seine Stimme zu hören.

»Du hast mich wohl vergessen, wie?« fragte der unsichtbare Mann.

»Aber nein«, sagte Robert.

»Das macht nichts«, sagte der unsichtbare Mann. »Ich hab mich fast selbst vergessen.«

Plötzlich begann Robert zu weinen. »Warum mußte es auch so dunkel für mich werden auf der ganzen Welt?« fragte er schluchzend. »Das hätte doch auch jemand anderem passieren können.«

»Was ist los, Robert?« hörte er da die Stimme der Lehrerin. »Bist du traurig?«

»Nur ein bißchen«, sagte Robert.

Die Lehrerin nahm ihn bei der Hand und führte ihn in die Klasse.

»War eins der anderen Kinder böse zu dir?« fragte sie.

»Nicht so schlimm«, sagte Robert.

Die Lehrerin wischte ihm die Tränen von der Wange.

»Das war sehr mutig von dir, daß du heute in die Schule gekommen bist«, sagte sie. »Möchtest du lieber in diese Schule gehen oder in eine Schule für blinde Kinder?«

»Ich weiß nicht«, stotterte Robert.

Die Lehrerin streichelte ihm über die Wange.

»Ich weiß es auch nicht«, sagte sie. »Aber eins weiß ich, ich weiß, daß du sehr mutig bist. Vielleicht mußt du dennoch begreifen, daß jetzt alles anders ist als früher.«

»Ich will das nicht«, sagte Robert.

»Ich weiß«, sagte die Lehrerin. »Und trotzdem ist es so. Möchtest du jetzt nach Hause?«

Eine Weile schwieg Robert. »Okay«, sagte er dann.

Als die Lehrerin Robert nach Hause brachte, wartete Mama an der Tür. Die Lehrerin fuhr sofort zurück zur Schule. Mama fragte und fragte nach allem, was passiert war. Und schließlich fragte sie, ob Robert weiter zur Schule gehen wollte, wenn sich das einrichten ließe. Wenn sie Hilfe bekämen, jemanden, der immer bei ihm sein könnte.

»Ich weiß nicht«, sagte Robert und fing wieder an zu weinen. »Ich weiß nicht richtig.«

»Wir werden sehen«, sagte Mama.

Später am Nachmittag saß Robert in seinem Zimmer auf dem Bett, während Mama in der Waschküche war.

Als das Bett ein wenig schaukelte, wußte Robert gleich, wer es war.

»Was meinst du?« fragte Robert den unsichtbaren Mann. »Soll ich in die Schule gehen?«

Aber der unsichtbare Mann gab keine Antwort. Sie saßen auf der Bettkante und wußten weder ein noch aus, ein unsichtbarer Mann und ein Junge, für den es vollkommen dunkel geworden war auf der ganzen Welt.

Lovisa

Am nächsten Tag ging Mama nicht zur Arbeit. Sie sagte, Großmutter würde mit all dem nicht fertig werden.

Vormittags hatte sie mit jemandem telefoniert, und beim Mittagessen sagte sie zu Robert, sie würden nachmittags zu einem Spielplatz gehen. Aber Robert wollte nicht.

»Spielplätze sind nur für kleine Kinder«, sagte er.

»Wir können doch mal sehen«, sagte Mama. »Da sind auch andere Kinder.«

Am Nachmittag fuhren sie jedenfalls los. Es war sonnig und schön. Robert fühlte, wie die Frühlingssonne sein Gesicht wärmte. Und gleichzeitig war es ein wenig windig. Es war zugleich warm und kühl. Robert hatte seinen Stock dabei. Er hatte zu Mama gesagt, daß er ohne seinen Stock nicht gehen würde.

»Aber die Sonnenbrille brauchst du doch wohl nicht?« fragte Mama.

»Nicht unbedingt«, sagte Robert.

Als sie zum Spielplatz kamen, warteten dort eine Mama und ein Mädchen auf sie.

»Das ist Robert«, sagte Roberts Mama.

»Und das ist Lovisa«, sagte die andere Mama.

Robert sagte nichts. Das hatte Mama also für den Nachmittag beschlossen. Ein Mädchen! dachte er. War Mama verrückt geworden? Glaubte sie wirklich, daß er bereit war, mit Mädchen zu spielen, nur weil es vollkommen dunkel geworden war auf der ganzen Welt?

»Jaha«, sagte Robert, »können wir jetzt wieder nach Hause fahren?«

»Wollen wir nicht erst schaukeln?« sagte Mama.

»Also gut«, sagte Robert.

Robert fand, schaukeln war ein komisches Gefühl, wenn man blind war. Es kribbelte ganz besonders im Bauch. Dieses Mädchen und seine Mama schaukelten auf der Nachbarschaukel. Aber Robert sagte nichts. Nach einer Weile hielt er seine Schaukel an. Er stand auf und tastete sich mit seinem Stock über den Spielplatz.

»Geh nicht zu weit«, hörte er Mama hinter sich sagen.

»Nee, nee«, sagte Robert.

Er ging so lange, bis er gegen etwas stieß. Er fühlte nach, was es war. Es waren viele dicke Holzbalken, die wie zu einer Menge Leitern zusammengesetzt waren. Ein Klettergerüst, dachte Robert. Er legte den Stock beiseite und kletterte eine Leiter hinauf.

»Sei vorsichtig!« hörte er Mama rufen.

Robert seufzte. Glaubte sie etwa, er wüßte nicht mehr, was ein Klettergerüst ist? Hinter sich hörte er vorsichtige Schritte.

»Ist das Klettern schwer?« hörte er die Stimme des Mädchens von unten.

Es war Lovisa, die ihm gefolgt war. Furchtbar, was für ein aufdringliches Mädchen sie war!

»Nein«, sagte Robert unfreundlich.

Das Gerüst bewegte sich ein wenig, und das Mädchen kam hinter ihm her geklettert. Robert klammerte sich an einem Tau fest, so hoch im Gerüst, wie er sich traute. Das Mädchen klammerte sich an seiner Seite fest.

»Wollen wir noch höher klettern?« fragte es.

Aber Robert kam nicht dazu zu antworten. Einige Fahrräder fuhren über den Spielplatz. Hoffentlich sind keine Kumpel von mir dabei, dachte Robert. Die brauchen nicht zu sehen, daß ich mit einem Mädchen zusammen bin.

Es waren ein paar andere Jungs, die jäh unter dem Klettergerüst bremsten.

»Blöde Blindschleiche!« schrie einer von ihnen.

»Sollten Blindschleichen nicht lieber zu Hause bleiben?« schrie ein anderer.

Robert konnte nicht mehr traurig werden. Er wurde wütend. »Es ist gar nicht schlecht, blind zu sein!« schrie er zurück. »Dann muß man eure Schweinsgesichter wenigstens nicht sehen!«

Da wurden diese Jungen ganz still. Schließlich sagte einer von ihnen erstaunt: »Bist du denn auch blind?«

Und dann fuhren sie weg. Sie fuhren so vorsichtig, daß es klang, als ob sie verlegen wären.

Zuerst verstand Robert nicht, was die Jungen gemeint hatten. Wieso auch blind? Und dann begriff er es.

»Bist du auch blind?« fragte er das Mädchen genauso erstaunt, wie der Junge eben gefragt hatte.

»Natürlich ist sie das«, sagte der unsichtbare Mann.

»Ist das so wichtig?« fragte Lovisa.

Robert dachte eine Weile nach. »Nein«, sagte er schließlich. »Eigentlich nicht.«

»Ich glaube, deine und meine Mama fanden, wir sollten uns kennenlernen, nur weil wir beide blind sind«, sagte Lovisa.

»Ja«, sagte Robert. »Typisch Mütter, nicht?«

»Die mischen sich immer in soviel ein«, sagte Lovisa.

»Wie lange bist du denn schon blind?« fragte Robert.

»Ich bin immer blind gewesen«, antwortete Lovisa, »solange ich denken kann.«

»Du hast noch nie richtig gesehen?« fragte Robert.

»Ich hab schon viel gesehen«, sagte Lovisa. »Nur nicht mit den Augen.«

»Wie meinst du das?«

»Ich meine, wo wir jetzt sind«, sagte Lovisa. »Wir wissen doch, wo wir sind, auf diesem Spielplatz. Wir sitzen im Klettergerüst. Das wissen wir ja. Das sehen wir.«

Robert mußte wieder eine Weile nachdenken.

»Wie wenn man einen unsichtbaren Mann trifft«, sagte er dann. »Die anderen, die sehen können, sehen den unsichtbaren Mann nicht. Gerade weil wir nicht sehen können, sehen wir jemanden, der unsichtbar ist.«

Lovisa schwieg sehr lange.

»Hast du schon mal einen unsichtbaren Mann gesehen?« fragte sie.

Robert zögerte erst und überlegte, ob er ihr alles erzählen sollte. Vielleicht war das ein Geheimnis, das man niemandem erzählen durfte. Aber dann entschied er sich und sagte: »Er ist gerade eben hier gewesen. Der unsichtbare Mann war hier im Klettergerüst.«

»Ich weiß«, sagte Lovisa lachend.

Und dann erzählte sie, wie sie den unsichtbaren Mann das erste Mal getroffen hatte. Es war schon mehrere Jahre her. Lovisa war erst vier Jahre alt gewesen. Sie sollte schlafen, und ihre Mama machte das Licht in ihrem Zimmer aus. Da hatte Lovisa angefangen, über etwas nachzudenken.

»Mama, was tust du eigentlich, wenn du das Licht ausmachst?« hatte sie gefragt.

Lovisas Mama hatte nur gelacht und ihr über die Wange gestreichelt. Aber später am Abend, als ihre Mama dachte, sie schliefe, hatte sie eine Stimme gehört, die sagte: »Wenn es kein Licht gibt, gibt es auch keine Dunkelheit.« Lovisa war natürlich sehr erstaunt gewesen. »Wer bist du?« hatte sie gefragt. »Ich bin der unsichtbare Mann«, hatte die Stimme geantwortet.

»Genau«, sagte Robert. »Plötzlich ist er einfach da. Man weiß nie, wann er auftaucht.«

»Seid ihr schon mal geflogen, du und der unsichtbare Mann?« fragte Lovisa.

»Nein«, sagte Robert, »du?«

»Ja«, sagte Lovisa. »Aber nur einmal. Meistens nimmt einen der unsichtbare Mann nur einmal zu einem Flug mit. Er sagt, es genügt, wenn man einmal fliegt, damit man hinterher weiß, daß man es kann. Er sagt, fliegen ist nicht das wichtigste. Das wichtigste ist, man weiß, daß man fliegen kann.«

»Du machst nur Spaß«, sagte Robert. »Du bist nicht geflogen.«

»Man kann nie wissen«, sagte Lovisa.

Sie kletterten bis zur höchsten Stelle im Klettergerüst. Der Wind blies kühl, und es war angenehm da oben. Die Sonne wärmte ihnen die Wangen.

»Was findest du am schlimmsten daran, daß du nicht sehen kannst?« fragte Robert.

»Ich weiß nicht genau«, antwortete Lovisa. »Ich weiß nicht, ob irgendwas besonders schlimm ist. Ich kenne es ja nicht anders. Aber manchmal ist man sehr allein. Manchmal glaubt man zum Beispiel, es gibt nicht einen einzigen Menschen auf der Welt, der mit einem spielen will.«

»Aber Fahrrad fahren?« fragte Robert. »Ich finde es sehr schlimm, daß ich nicht Fahrrad fahren kann.«

»Ich fahre immer mit Mama«, sagte Lovisa. »Wir haben ein Tandem. Das geht prima.«

Robert und Lovisa saßen noch lange oben im Klettergerüst und redeten. Lovisa erzählte viele Geschichten, wie es war, wenn man nicht sehen konnte. Und dann erzählte Robert, wie er und der unsichtbare Mann gestern zur Schule gegangen waren, mit einem bunten Stock und Mickymaus-Sonnenbrille. Da lachte Lovisa, daß ihr die Luft wegblieb und sie fast vom Gerüst gefallen wäre.

Dann gingen sie alle zu Lovisa nach Hause und tranken Saft und aßen Zimtwecken. In Lovisas Zimmer gab es nicht so viele Sachen wie in Roberts. Es gab ein paar Puppensachen und Mädchensachen, die Robert ein bißchen albern fand. Und außerdem gab es Knetgummi, massenhaft Knetgummi.

»Am liebsten modelliere ich etwas aus Knetgummi«, sagte Lovisa. »Das kann ich stundenlang machen. Manchmal nehme ich auch richtigen Ton, aber der klebt mehr.«

Nachmittags modellierten Robert und Lovisa lange. Robert formte unter anderem ein Motorrad, das er sich später wie eine Brille aufsetzte. Und Lovisa formte ein Segelschiff. Ein Holzstöckchen war der Mast und ein Stück Papier das Segel.

Als Robert ihr Schiff abtastete, war ihm, als könnte er das Meer hören.

Dann zeigte Lovisa ihm ein paar Sachen, die sie aus richtigem Ton gemacht hatte und die ihre Mama in einem Keramikofen gebrannt hatte. Diese Sachen waren hart wie Zement, aber glatt wie Steine, die am Meeresstrand gelegen hatten und von den Wellen abgeschliffen worden waren.

»Dies hier hab ich gemacht, als ich sehr traurig war«, sagte Lovisa und gab Robert eine Figur.

Es war eine Figur fast ohne Beine und Arme. Da gab es nur ein Paar kleine verkrampfte Hände eng an dem runden Körper. Die Beine waren wie kleine kurze Seilenden. Der Kopf der Figur schien überhaupt kein Gesicht zu haben.

»Ja, die scheint traurig zu sein«, sagte Robert.

Abends, als sein Papa ihn ins Bett brachte, fragte Robert: »Papa, können wir uns nicht ein Tandem anschaffen? Dann könnten wir, die ganze Familie,

Fahrradausflüge machen, obwohl ich nichts sehen kann.«

»Meinst du?« sagte Papa.

»Lovisa hat ein Tandem«, sagte Robert. »Sie sagt, das geht prima.«

»Mal sehen«, sagte Roberts Papa.

Mitten in der Nacht wurde Robert wach, weil in seinem Zimmer jemand leise vor sich hin sang, seufzte und hämmerte.

»Wer ist da?« flüsterte Robert.

»Wer meinst du wohl?« fragte der unsichtbare Mann.

»Was treibst du da?« wollte Robert wissen.

»Ich dachte, wenn man zwei Träume hintereinanderspannt und ordentlich schnell mit ihnen fährt, könnte man sie reiten«, antwortete der unsichtbare Mann.

»Wie auf einem Tandem?« fragte Robert.

»Ja, ungefähr so«, antwortete der unsichtbare Mann. »Wie findest du Lovisa übrigens?«

»Okay«, sagte Robert.

»Das vergißt du doch nicht, oder?« fragte der unsichtbare Mann.

Aber da war Robert schon wieder eingeschlafen.

Dein Gesicht sieht aus wie flatternde Flügel

Schon zum nächsten Wochenende hatte Roberts Papa ein Tandem besorgt. Auf seiner Arbeitsstelle stand eines im Keller, das im Augenblick nicht gebraucht wurde. Am Samstag machten Robert, Mikaela, Mama und Papa einen Ausflug. Papa saß vorn auf dem Tandem und Robert auf dem Sattel dahinter.

Robert hatte ein Gefühl, als ob er noch nie in seinem ganzen Leben so schnell radgefahren wäre. Es war wie fliegen. Es war der erste richtig warme Frühlingstag, und der Wind riß in Roberts Haaren, als ob er in einem alten Flugzeug mit offenem Cockpit säße. Hin und wieder zischte ein Auto an ihnen vorbei. Es duftete nach eben aufgebrochenen Knospen und frischem Laub. Entlang der Wegränder plätscherte noch das Schmelzwasser aus dem Wald.

Als sie den See mitten im Naturschutzgebiet erreichten, waren Lovisa und ihre Mama schon dort. Sie hatten Wolldecken und Proviant dabei. Mikaela war ein bißchen schlecht gelaunt, weil sie lieber in die Stadt gefahren wäre und mit ihren Freunden Schaufenster angeguckt hätte. Aber sie kriegte gleich bessere Laune, als Lovisas Mama, die im Kostümatelier einer Filmfirma arbeitete, sagte, Mikaela dürfte mal vorbeikommen und sich die Arbeit angucken.

»Robert könnte ja auch mitkommen«, sagte Lovisas Mama. »Wäre das nicht schön?«

Nach dem Essen saßen Robert und Lovisa am Seeufer und warfen Steine ins Wasser. Ein Weilchen später erfanden sie ein Spiel. Wenn sie miteinander redeten, tauschten sie ein Wort gegen das Geräusch eines Steins aus, der ins Wasser plumpste. Und dann mußte der andere raten, was dies Platschen bedeutete.

Nach einer Weile fragte Lovisa: »Darf ich mal sehen, wie es aussieht?«

»Platsch!« antwortete Robert mit einem Stein im Wasser.

»Was bedeutet es?« fragte Lovisa.

»Es bedeutet Platsch«, antwortete Robert und warf wieder einen Stein ins Wasser.

»Platsch! Plumps!« sagte Lovisa.

»Plumps! Platsch!« sagte Robert.

Sie lachte.

Plötzlich fühlte Robert Lovisas Hände auf seinem Gesicht. Vorsichtig wanderten ihre Finger über seine Stirn, Wangen, Nase und den Mund. Ihre Hände waren warm und trocken. Ihre Fingerspitzen berührten sein Gesicht, als ob sie Grashalme wären.

»Du siehst lustig aus«, sagte Lovisa. »Du siehst fröhlich aus. Du siehst aus wie ein fliegender Vogel. Dein Gesicht sieht aus wie flatternde Flügel.«

Robert spürte, wie seine Wangen heiß wurden, als er errötete. Lovisa nahm seine Hände und führte sie zu ihrem Gesicht. Robert fühlte sich plump und schüchtern. Ihre Wangen waren rund und weich, und es fühlte sich an, als ob sie eine kleine Stupsnase hätte. Ihre Haare waren lang und weich. Robert dachte, sie müßte helle Haare haben. Die ganze Zeit dachte er: Hoffentlich sieht uns niemand, hoffentlich sieht uns niemand.

»Wie seh ich aus?« fragte Lovisa.

Robert wurde so rot, daß er ein Gefühl hatte, als

ob sein Gesicht kochte. »Du siehst aus wie …«, begann er.

Und dann lachte er ein bißchen.

»Du siehst aus wie ein Platsch!« sagte er.

Lovisa lachte. »Hast du deinen Stock dabei?« fragte sie.

»Meinen grünen, gelben und roten Blindenstock?« fragte Robert. Er lachte, aber dann verstummte er.

»Du hast doch noch nie Farben gesehen«, sagte er. »Du weißt ja nicht, was grün, gelb und rot ist.«

»Nein«, sagte Lovisa, »ich weiß es aber trotzdem. Kannst du mir nicht erzählen, wie Farben sind?«

»Gras ist grün«, sagte Robert. »Jetzt aber noch nicht. Sommergras ist grün. Wenn es kräftig ist und zäh. Dann ist es grün. Grün riecht nach Sommer. Gelb ist die Sonne. Aber auch nur im Sommer. Im Winter ist sie eher weiß. Und rot sind Blütenblätter. Und Lippen vielleicht. Aber Rot ist auch böse. Rot ist sehr böse.«

»Wenn all diese Farben an deinem Stock sind, kannst du ja damit hingehen, wohin du willst«, sagte Lovisa. »In deinem Stock scheint alles enthalten zu sein.«

»Ja, vielleicht«, sagte Robert.

Eine Weile saßen sie schweigend da.

»Komm, wir gehen ein Stück«, sagte Lovisa schließlich.

Robert nahm seinen Stock, und vorsichtig gingen sie am See entlang. Hinter sich hörten sie ihre Mütter rufen, sie sollten vorsichtig sein. Lovisa und Robert seufzten. Plötzlich schrie Lovisa auf.

»Was ist los?« fragte Robert.

»Ich hab einen falschen Schritt getan«, sagte Lovisa kichernd. »Ich bin ins Wasser getreten. Mein einer Fuß ist platschnaß.«

»Wasser ist blau«, sagte Robert und lachte. »Wasser und der Himmel sind blau.«

»Nein, naß«, sagte Lovisa.

In dem Augenblick kam Lovisas Mutter.

»Ein Glück, daß wir jetzt nach Hause fahren, bevor du ganz durchnäßt bist«, sagte sie.

»Können wir nicht noch ein bißchen bleiben, Mama?« fragte Lovisa.

»Du weißt, daß wir heute zu Großmutter müssen«, sagte Lovisas Mama.

Lovisa seufzte. Sie sagte tschüs zu Robert, und dann gingen sie.

Robert fühlte sich ein bißchen allein gelassen. Eine Weile saß er am Wasser. Dann begann er am

Seeufer entlangzugehen, indem er den Boden vor sich mit dem Stock abtastete. Er kam zu ein paar großen Steinen, über die mußte er rüberklettern. Und als er ein Stück weitergegangen war, kam er zu einem steilen Felsabbruch.

»Wir klettern«, sagte der unsichtbare Mann.

»Okay«, sagte Robert.

Der unsichtbare Mann fing an, Robert auszufragen, wie er Lovisa fand und alles mögliche. Aber als sie den Felsen halb hinauf geschafft hatten, wurde der unsichtbare Mann plötzlich ganz ruhig.

»Leise«, flüsterte er. »Hörst du nichts?«

»Was?« fragte Robert.

»Horch«, sagte der unsichtbare Mann.

Und da hörte Robert es. Irgendwo auf der anderen Seite des Felsens hörte er Stimmen. Es waren zwei Leute, die auf dem Schotterweg unterhalb des Felsens vorbeigingen.

»Ich bin sicher, daß das Haus nachmittags leer ist«, sagte die eine Stimme, die wie eine kratzige Feile klang.

»Aber wie ist es mit einer Alarmanlage?« fragte die andere Stimme, die ein bißchen piepsig klang wie ein Teekessel.

»Es gibt keine«, krächzte die Feile. »Und nachmittags gehen sie mit dem Hund aus.«

»Bist du sicher?« fragte der Teekessel.

»Klaro«, krächzte die Feile. »Taubenweg 15, du weißt doch, wo das ist?«

»Klaro«, piepste der Teekessel.

»Wir machen es morgen«, krächzte die Feile. »Als Klempner verkleidet, wie immer.«

Die Stimmen redeten weiter miteinander, aber jetzt waren sie so weit entfernt, daß Robert und der unsichtbare Mann sie nicht mehr verstehen konnten. Robert rutschte von dem Felsen.

»Hast du gehört?« keuchte er. »Das waren Gauner. Taubenweg, das ist gar nicht weit entfernt von unserem Haus.«

»Sie haben einen Einbruch oder so was vor«, sagte der unsichtbare Mann.

»Was sollen wir machen?« sagte Robert.

»Wir müssen es deinen Eltern erzählen«, sagte der unsichtbare Mann.

Sie gingen zurück zum Seeufer.

»Aber wir wissen doch gar nicht, wer das war!« sagte Robert.

»Nein, aber wir haben gehört, daß sie es machen wollen«, sagte der unsichtbare Mann. »Vielleicht können wir sie aufhalten, wenn sie anfangen.«

»Erinnerst du dich noch an die Adresse?« fragte Robert.

»Taubenweg 15«, sagte der unsichtbare Mann.

Jetzt hörte Robert die anderen.

»Mama! Papa!« rief er.

»Ach, da bist du«, antwortete sein Papa. »Komm, es ist Zeit, daß wir nach Hause fahren.«

»Warte mal«, sagte Robert. »Wir haben ein paar Gauner belauscht, die wollen einen Einbruch begehen.«

»Jaja, mein Kleiner«, sagte Papa. »Wie schön, daß du ein bißchen gespielt hast.«

»Aber es ist wahr«, sagte Robert. »Wir haben genau gehört, was sie gesagt haben. Wir wissen sogar, wo sie einbrechen wollen.«

»Jaja«, sagte Roberts Mama. »Aber jetzt beeil dich. Wir wollen nach Hause.«

»Es ist die Wahrheit, ich schwöre«, sagte Robert. »Wir haben es gehört.«

»Ihr habt also zufällig gehört, was sich zwei Schurken erzählt haben, die vorbeigingen«, sagte Roberts Papa. »Wer wir übrigens?«

»Ich und der unsichtbare Mann«, sagte Robert. Er hätte sich die Zunge abbeißen mögen, aber es war schon zu spät. Warum mußte er aber auch den unsichtbaren Mann erwähnen? Jetzt würde ihm niemand glauben. An seiner Seite seufzte der unsichtbare Mann. Roberts Papa lachte.

»Dann kann der unsichtbare Mann die Einbrecher ja auch einfangen«, sagte er.

Robert gab auf. Aber als er abends in seinem Bett lag, war der unsichtbare Mann wieder da.

»Wirklich geschickt, von mir zu sprechen«, sagte er.

»Ich weiß«, sagte Robert. »Ich weiß, daß es dumm war. Aber was sollen wir jetzt machen?«

»Ich weiß nicht«, sagte der unsichtbare Mann.

Robert seufzte.

»Typisch«, sagte der unsichtbare Mann. »Da hat man mal die Chance, auf Gaunerjagd zu gehen, und dann glaubt einem niemand. Und außerdem bist du auch noch blind und kannst nichts unternehmen.«

»Das kann ich doch«, sagte Robert zu dem unsichtbaren Mann oben im Bücherregal.

»Was denn?« fragte der unsichtbare Mann seufzend.

»Paß mal auf«, sagte Robert, »ich hab eine Idee.«

Magst du keine Kartoffeln?

»Da gibt es nur ein Problem«, flüsterte Robert dem unsichtbaren Mann am nächsten Tag zu. »Ich weiß fast, wo der Taubenweg ist, aber nicht ganz genau. Und ich bin sicher, daß ich nur mit Hilfe von meinem bunten Blindenstock nicht hinfinde.«

»Ich hab's ja gewußt«, sagte der unsichtbare Mann seufzend. »Es ist ein hoffnungsloser Fall.«

»Überhaupt nicht«, sagte Robert. »Wir nehmen ein Taxi.«

»Ein Taxi!« keuchte der unsichtbare Mann.

»Genau«, sagte Robert. »Aber ich brauch deine Hilfe. Tu jetzt, was ich sage. Geh in den Keller und schmeiß irgendwas um, damit Mama einen Schrecken kriegt.«

»Warum?« fragte der unsichtbare Mann.

»Frag nicht, tu, was ich sage«, sagte Robert. »Und wenn du fertig bist, treffen wir uns draußen.«

Während der unsichtbare Mann in den Keller verschwand, schlich Robert zum Telefon in Mamas und Papas Zimmer. Er saß eine Weile da und wartete, und dann hörte er ein fürchterliches Krachen im Keller. Dann hörte er, wie Mama in der Küche aufschrie.

»Was war das?« brüllte Mama.

»Da war was im Keller!« rief Robert. »Vielleicht eine Maus!«

»Eine Maus!!!« heulte Mama. Ihre Stimme klang wie das Signal einer Dampflok. Robert wußte, daß Mama furchtbare Angst vor Mäusen hatte.

»Robert!« schrie sie. »Bleib da oben! Ich kümmre mich darum. Hab keine Angst! O Himmel, eine Maus! Mama, Hilfe, was soll ich tun?!«

Und so fuhr sie fort, öffnete die Kellertür einen Spalt und schrie und hoffte, schlug mit dem Besen gegen alte leere Kartons und schrie und hoffte, leuchtete mit der Taschenlampe und schrie und hoffte. Sie benahm sich genau so, wie Robert es erwartet hatte.

Er schloß die Tür zum Schlafzimmer und

wählte die Nummer der Taxizentrale. Die hatte er am Abend zuvor herausgekriegt. Er kam sofort durch und bestellte ein Taxi zum Nachbarhaus. Und dann setzte er die Mickymaus-Sonnenbrille auf, nahm den bunten Stock in die Hand und schlich die Treppe hinunter, hinaus aus dem Haus.

»Wirklich erstaunlich, wie aufgeregt deine Mama ist«, sagte der unsichtbare Mann, als Robert die Gartenpforte erreichte.

»Ja, sie hat furchtbare Angst vor Mäusen«, sagte Robert. »Sie haßt Mäuse. Jetzt wird sie sich mehrere Stunden damit beschäftigen.«

Sie hörten Roberts Mama drinnen im Haus schreien und toben, gingen auf den Bürgersteig hinaus und stellten sich vor die Gartenpforte vom Nachbarhaus.

»Jetzt müssen wir nur noch auf das Taxi warten«, sagte Robert.

»Hast du eigentlich Geld?« fragte der unsichtbare Mann.

»Na klar«, antwortete Robert. Er hatte am Morgen seine Sparbüchse geplündert, und seine eine Tasche beulte sich aus von all dem Kleingeld. Und die andere Tasche noch mehr.

»Was hast du denn in der anderen Tasche?« fragte der unsichtbare Mann.

»Kartoffeln«, antwortete Robert.

»Kartoffeln?« sagte der unsichtbare Mann.

»Ja, magst du keine Kartoffeln?« fragte Robert und kicherte.

»Doch, schon«, begann der unsichtbare Mann.

»Dann frag nicht soviel«, sagte Robert.

In dem Augenblick kam das Taxi. Der Fahrer war ein bißchen erstaunt, daß nur ein blinder Achtjähriger mit ihm fahren wollte, aber er sagte nichts.

»Zum Taubenweg 13, bitte«, sagte Robert.

»Taubenweg 13«, wiederholte der Taxifahrer. »Wird gemacht.«

»Fünfzehn«, zischte der unsichtbare Mann. »Taubenweg 15.«

»Wir können doch nicht direkt bei den Gaunern vorfahren«, flüsterte Robert.

»Was hast du gesagt?« fragte der Taxifahrer.

»Was?« sagte Robert. »Nichts. Ich hab mit mir selbst geredet.«

Bis zum Taubenweg war es nur eine Minute. Robert bezahlte, und der Taxifahrer fragte, ob er warten sollte.

»Nein«, antwortete Robert und legte die Hand auf die Klinke der Gartenpforte von Taubenweg 13. »Es ist gut so.«

Als das Taxi weggefahren war, ging Robert zur nächsten Gartenpforte. Er tastete das Nummernschild ab. Fünfzehn, dachte er, das ist Nummer fünfzehn.

»Was machen wir jetzt?« fragte der unsichtbare Mann.

»Wir warten«, sagte Robert.

Jedesmal, wenn ein Auto vorbeifuhr, spannte sich Robert. Aber keins schien vor dem Haus anhalten zu wollen. Er setzte sich bei einigen Büschen auf die Erde und lehnte sich gegen den Zaun.

»Vielleicht sehen sie uns hier bei den Büschen nicht«, sagte er.

»Aber die kommen ja nicht«, sagte der unsichtbare Mann.

»Wir müssen warten«, sagte Robert.

»Vielleicht haben sie es sich anders überlegt«, sagte der unsichtbare Mann.

Aber im selben Augenblick rollte etwas heran, das wie ein kleiner Laster klang, und blieb vor der Pforte von Nummer fünfzehn stehen. Die Autotüren wurden geöffnet, und Schritte von jemandem, der ausstieg, waren zu hören.

»Hier ist es«, sagte eine Stimme, die kratzig wie eine Feile klang.

»Bist du sicher?« piepste eine Stimme, die wie ein Teekessel klang.

»Klaro«, sagte die Feile. »Du hältst Wache, während ich das Ding mit dem Schloß mache.«

Robert bei den Büschen hielt den Atem an. Noch hatten sie ihn offenbar nicht entdeckt.

Die Feile latschte mit schweren Schritten zum Haus hinauf. Nach einer Weile kam er zurück.

»Es ist grün«, sagte er.

»Bist du sicher?« piepste der Teekessel.

»Klaro«, krächzte die Feile. »Komm, dann holen wir die erste Ladung.«

Robert hörte, wie die Feile und der Teekessel ins Haus gingen und nach einer Weile zurückkamen. Es klang, als ob sie etwas trügen. Und was sie da getragen hatten, stellten sie ins Auto.

»Das Familiensilber und der Videorecorder«, krächzte die Feile.

»Bist du sicher?« piepste der Teekessel.

»Klaro«, krächzte die Feile.

Sie gingen wieder zum Haus zurück.

»Jetzt«, flüsterte Robert dem unsichtbaren Mann zu. »Jetzt müssen wir es tun. Sonst ist es zu spät.«

Er erhob sich und schlich zum Auto. Er tastete sich zum Auspuff, holte eine große Kartoffel aus der Tasche und drückte sie in die Auspufföffnung. Dann richtete er sich auf und wollte wieder zurückgehen. Aber er war nur ein paar Schritte gegangen, da fauchte eine Stimme hinter ihm: »Was treibst du hier, du Rotzbengel!?!«

Es war die kratzige Stimme der Feile, und Robert fühlte, wie sich ihm eine große schwere Hand auf die Schulter legte.

Vielleicht brennt es irgendwo

»Was, was ich treibe?« stotterte Robert. »Ich treibe nichts. Ich hab mich verlaufen.«

Robert hörte an seiner Stimme, daß sie ängstlich klang.

»Verlaufen?« fragte die Feile.

»Ich hab mich verlaufen«, stotterte Robert etwas fester. »Wo bin ich?«

Die Feile hielt Robert immer noch an der Schulter fest und zog ihn auf den Gehweg.

»Nimm die alberne Sonnenbrille ab und guck selbst nach, wo du bist«, krächzte er.

Robert nahm sich die Mickymaus-Sonnenbrille ab.

»Der Junge ist ja blind«, hörte Robert den unsichtbaren Mann mit der Piepsstimme vom Teekessel sagen.

»Was hast du gesagt?« krächzte die Feile.

»Ich hab nichts gesagt«, piepste der Teekessel.

»Du hast gesagt, der Junge ist blind«, krächzte die Feile.

»Das soll ich gesagt haben?« piepste der Teekessel. »Aber du hast recht. Der Junge ist blind.«

»Das hab ich doch gesagt, daß du das gesagt hast«, krächzte die Feile.

»Hab ich nicht gesagt«, piepste der Teekessel. »Du hast das gesagt.«

»Das warst du!« donnerte die Feile so laut, daß der Zaun und die Autotüren zitterten.

»Bist du sicher?« piepste der Teekessel.

»Klaro«, krächzte die Feile und schubste Robert von sich weg. »Hör mal, Junge, hau ab und spiel woanders. Wir haben zu arbeiten.«

»Was arbeitet ihr denn?« fragte Robert.

»Wir sind Klempner«, piepste der Teekessel, während die Feile krächzte, sie arbeiteten für eine Umzugsfirma.

»Ja, also, wir sind Klempner, die auch Umzüge machen«, krächzte die Feile.

»Aha«, sagte Robert und setzte sich die Sonnenbrille wieder auf.

Dann begann er, am Zaun entlangzugehen, und tastete den Weg vor sich mit dem Stock ab. Er hörte, wie die Feile und der Teekessel miteinander flüsterten.

»Der Junge ist doch blind«, flüsterte die Feile. »Er hat nichts mitgekriegt.«

»Bist du sicher?« piepste der Teekessel wie auf Sparflamme.

»Klaro«, zischte die Feile.

Robert ging am nächsten Gartentor vorbei, blieb aber am übernächsten stehen.

»Das haben wir geschafft«, sagte der unsichtbare Mann.

»Klaro«, machte Robert die Feile nach.

Er ging durch das Gartentor, zur Tür des Hauses und klopfte an. Hoffentlich ist jemand zu Hause, dachte er.

Es dauerte eine ganze Weile, ehe die Tür geöffnet wurde.

»Ja?« hörte Robert eine alte Männerstimme sagen.

»Also, das ist so, ich hab mich verlaufen, und ich wollte fragen, ob ich mal telefonieren und meine Mama anrufen darf«, sagte Robert.

Der Alte an der Tür knurrte etwas, aber dann ließ er Robert hinein.

»Das Telefon steht dahinten«, sagte der Alte.

»Wo?« fragte Robert. »Ich kann nicht sehen.«

Da wurde die Stimme des Alten plötzlich ganz weich. »Ach, Kind«, sagte er, »hast du dich verlaufen, und du kannst nicht sehen? Armer Junge.«

Er half Robert zum Telefon und fragte, ob er ihm helfen sollte, die Nummer zu wählen.

»Nein, das kann ich allein«, sagte Robert. »Aber ich habe großen Durst. Kann ich vielleicht ein bißchen Wasser haben?«

»Natürlich bekommst du das, Jungchen«, sagte der Alte.

Als er in die Küche gegangen war, hob Robert den Hörer ab. Mal sehen, dachte er, hoffentlich verwähl ich mich nicht. Und dann wählte er die Nummer der Feuerwehr. Es tutete einige Male im Hörer. Und dann eine Stimme. Er hatte sich nicht verwählt!

»Hilfe, es brennt!« schrie Robert so laut er sich traute, damit der Alte nichts hörte. »Beeilt euch, es brennt im Taubenweg 15.«

»Taubenweg 15«, sagte die Stimme. »Ich verbinde.«

»Nein, beeilt euch«, schrie Robert. »Es brennt. Hilfe!« Und dann legte er den Hörer auf. Der Alte kam gerade aus der Küche zurück.

»Hier hast du ein wenig Saft«, sagte er.

»Danke, vielen Dank«, sagte Robert und trank das Glas schnell leer. »Ich muß jetzt gehen.«

»Willst du nicht hier warten, bis deine Mama kommt?« fragte der Alte. »Und wie weiß sie übrigens, wohin sie fahren muß?«

»Taubenweg«, sagte Robert. »Das haben Sie doch selbst gesagt.«

»Wirklich?« sagte der Alte erstaunt. »Ja, vielleicht hab ich das gesagt.«

»Ich warte draußen«, sagte Robert.

Der Alte war ein bißchen verdattert, aber er führte Robert hinaus.

»Vielen Dank«, sagte Robert und tastete sich mit dem Stock zur Gartenpforte.

»Was machen wir jetzt?« fragte der unsichtbare Mann.

»Wir warten ab, was mit den Gaunern passiert«, sagte Robert.

Als er zum Laster zurückkam, hörte er, wie die Feile und der Teekessel etwas sehr Schweres hineinhoben.

»Was sollen wir mit einem Klavier?« piepste der Teekessel.

»Das ist mehrere tausend wert«, krächzte die Feile.

»Bist du sicher?« piepste der Teekessel.

»Klaro!« zischte die Feile. »Mist, jetzt ist der Junge wieder da.«

Robert begriff, daß sie ihn entdeckt hatten.

»Kommt ihr gut mit dem Umzug voran?« fragte er.

»Das geht dich einen Dreck an«, krächzte die Feile.

»Nee, wir sind jetzt fertig«, piepste der Teekessel.

»Aha, dann fahrt ihr jetzt wohl?« fragte Robert.

»Genau«, krächzte die Feile.

Robert hörte, wie sie ins Auto stiegen. Der Motor startete, und Robert fluchte vor sich hin. Mist, es funktioniert nicht, dachte er. Aber dann hörte er, wie das Auto ein paar Meter rollte, und dann ertönte ein kräftiges »tschong«, und der Motor starb ab. Die Feile und der Teekessel kamen herausgeschossen.

»Was zum Teufel …«, zischte die Feile.

»Ich hab ja gesagt, wir sollten eine andere Karre nehmen«, piepste der Teekessel.

»Halt's Maul!« brüllte die Feile.

»Ist das Auto etwa nicht in Ordnung?« fragte Robert.

»Nicht in Ordnung?« schrie die Feile. »Klaro ist

das Auto in Ordnung. Wir wollten nur eine kleine Pause machen.«

»Ja, so ein Umzug ist bestimmt anstrengend«, sagte Robert.

»Hör mal, Junge, jetzt verduftest du, sonst dreh ich durch«, zischte die Feile.

Robert war ein bißchen erschrocken. Aber da ertönte von fern die Sirene.

»Hörst du?« piepste der Teekessel.

»Das ist die Polente«, zischte die Feile.

»Vielleicht brennt es irgendwo«, sagte Robert.

»Der Junge hat recht«, krächzte die Feile. »Es ist die Feuerwehr. Also immer mit der Ruhe, bring jetzt das Auto in Ordnung.«

»Was soll ich in Ordnung bringen?« piepste der Teekessel. »Ich hab doch keine Ahnung, wie man ein Auto repariert.«

In dem Augenblick kamen zwei Polizeiautos und drei Feuerwehrautos um die Ecke geschossen. Mit quietschenden Reifen bremsten sie vor dem Haus. Da wurde es lebendig um sie herum.

»Brennt es hier?« schrie ein Feuerwehrmann.

»Nee, hier brennt es nicht«, piepste der Teekessel.

»Aber das ist doch Taubenweg 15?« schrie ein anderer Feuerwehrmann.

»Doch, klar«, sagte Robert.

Da lachte plötzlich jemand. Es war einer der Polizisten.

»Sieh mal einer an, sind das nicht Westman und Bertilsson?« sagte der Polizist lachend. »Dann seid ihr also in die Klempnerbranche eingestiegen?«

»Ja, genau«, krächzte die Feile.

»Genau«, piepste der Teekessel.

»Außerdem helfen sie bei Umzügen«, sagte der unsichtbare Mann.

»Halt's Maul, Rotzjunge«, zischte die Feile Robert zu.

»Klempner mit Umzugsfirma«, sagte ein Polizist. »Doch, das seh ich. Fernsehapparate und Videorecorder, Klavier und Familiensilber. Ihr zieht sicher auch Kristalleuchter um. Am besten, ihr kommt mit zur Wache und packt aus.«

Aber bevor sie im Polizeiauto verschwanden, hörte Robert die Feile krächzen: »Der blinde Junge da ist an allem schuld!«

»Bist du sicher?« piepste der Teekessel.

»Klaro!« fauchte die Feile.

Als das eine Polizeiauto mit der Feile und dem Teekessel abgefahren war, sagte der eine Feuerwehrmann: »Und was ist mit dem Feueralarm?«

»Das war wohl falscher Alarm«, sagte Robert.

»Solltest du jetzt nicht nach Hause gehen?« fragte der Feuerwehrmann.

»Ich hab mich verlaufen«, sagte Robert.

»Dann fahren wir dich nach Hause«, sagte der Feuerwehrmann, hob ihn hoch und setzte ihn ins Feuerwehrauto.

Während der Feuerwehrmann um das Auto herumging, sagte der unsichtbare Mann: »Endlich darf man mal mit der Feuerwehr fahren!«

»Sschh«, machte Robert.

Als sich der Feuerwehrmann hinter das Steuer gesetzt hatte, fragte er Robert, ob sie mit Sirene fahren sollten.

»Das ist nicht nötig«, sagte Robert.

Mit der Feuerwehr zu fahren, das war fast so ein Gefühl, wie mit einer Raumrakete zu fahren, fand Robert.

Die ganze Zeit hörte er den unsichtbaren Mann an seiner Seite kichern.

Als das Feuerwehrauto schließlich vor Roberts Haus hielt, stellte der Feuerwehrmann den Motor ab.

»Soll ich dich hineinbringen?« fragte der Mann.

»Nein, das schaff ich schon«, sagte Robert.

»Hör mal, Junge«, sagte der Feuerwehrmann,

»du weißt wohl, daß man das nicht tut, die Feuerwehr rufen, wenn es gar nicht brennt?«

»Klaro«, sagte Robert und wurde rot, daß ihm die Wangen brannten.

»Hab ich mir schon gedacht, daß du es weißt«, sagte der Feuerwehrmann und legte etwas in Roberts Hand. »Weißt du, was das ist?«

Robert schüttelte den Kopf.

»Das ist ein richtiges Feuerwehrabzeichen«, sagte der Feuerwehrmann. »Das kriegt man nur, wenn man hilft, Brände zu löschen. Und Leute, die wissen, daß man die Feuerwehr nicht unnötig rufen darf.«

»Danke«, sagte Robert, »vielen, vielen Dank.«

Der Feuerwehrmann half ihm aus dem Auto.

»Und dann kriegen noch solche, die helfen, Diebe zu schnappen, so ein Abzeichen«, sagte der Feuerwehrmann und fuhr davon.

Robert dachte, daß seine Mama jetzt bestimmt schon halb verrückt war und sich fragte, wo er geblieben war.

»Am besten, ich verschwinde, bevor deine Mama glaubt, ich wär die Maus«, sagte der unsichtbare Mann.

»Okay«, sagte Robert.

Aber seine Mama schien nicht mal gemerkt zu

haben, daß er weg gewesen war. Sie saß am Telefon und suchte nach einem Mäusefänger.

Robert ging in sein Zimmer und setzte sich aufs Bett. Er hielt das Feuerwehrabzeichen in der Hand. Es war groß und fühlte sich ein bißchen kalt an und sehr wichtig. Er versteckte es unter seinem Kopfkissen.

Das Schlimmste, was es gibt, ist, wenn dich niemand sieht

Beim Essen an diesem Abend erzählte Mama von der Maus im Keller.

»Äh, wie eklig«, keuchte Mikaela.

»Mädchen«, seufzte Robert.

»Ist ja toll, was heute alles passiert ist«, sagte Papa. »Erst die Maus. Und dann hat mir Albin in der U-Bahn erzählt, daß sie ein paar Diebe im Taubenweg gefaßt haben. Offenbar hat jemand falschen Feueralarm gegeben, und statt dessen haben sie ein paar Gauner festgenommen. Habt ihr gar nichts davon mitbekommen?«

»Nein«, sagte Robert und versuchte seine Stimme so unschuldig wie möglich klingen zu lassen. »Ich hab überhaupt nichts gehört.«

»Mir war, als hätte ich ein Feuerwehrauto vor unserer Tür gesehen«, sagte Mama. »Aber ich bin nicht sicher. Das war nämlich gerade da, als ich so mit der Maus beschäftigt war.«

Papa lachte. »Heute abend stell ich Fallen im Keller auf.«

Als Robert im Bett lag, kam der unsichtbare Mann zu ihm.

»Das heute hast du gut gemacht«, sagte er.

»Du doch auch«, sagte Robert.

»Aber du hast es getan«, sagte der unsichtbare Mann. »Ich kann nichts ohne dich tun. Du bist ja der einzige, der mich sieht.«

»Ohne dich würde ich aber auch nicht klarkommen«, sagte Robert. »Nur zusammen können wir sehen.«

»Nein«, sagte der unsichtbare Mann. »Du bist das, Robert. Du kannst alles allein. Was du willst. Wo ist übrigens das Feuerwehrabzeichen?«

»Ich hab's unterm Kopfkissen versteckt«, sagte Robert. Er holte das Abzeichen hervor und gab es dem unsichtbaren Mann.

»Schön«, sagte der.

Robert kam es so vor, als ob seine Stimme irgendwie traurig klänge. »Was ist?« fragte er. »Bist du traurig?«

»Es ist nichts«, sagte der unsichtbare Mann. »Schlaf du jetzt. Ich geh bald.«

Und im Handumdrehen war Robert eingeschlafen. Er war müde und froh, und wenn er schlief, war es, als ob es keine Gefahren und nichts Trauriges auf der Welt gäbe.

Aber der unsichtbare Mann verschwand nicht. Er blieb mit dem Feuerwehrabzeichen in der Hand auf dem Bett sitzen. Schließlich befestigte er das Abzeichen an Roberts Schlafanzug, und da wurde Robert wach. Es war mitten in der Nacht und vollkommen dunkel auf der ganzen Welt.

»Bist du noch da?« fragte Robert.

»Ja«, sagte der unsichtbare Mann. »Ich hab gewartet, daß du aufwachst. Ich dachte, wir könnten einen kleinen Ausflug mit dem Tandem machen.«

»Nur wir beide?« fragte Robert. »Können wir das denn?«

»Du kannst alles, was du willst«, sagte der unsichtbare Mann. »Das weißt du doch.«

»Warte, ich zieh mich nur eben an«, sagte Robert.

»Nein, das brauchst du nicht«, sagte der unsichtbare Mann.

»Aber mir wird bestimmt kalt im Schlafanzug«, sagte Robert.

»Jetzt nicht«, sagte der unsichtbare Mann. »Du weißt doch, daß man in seinen Träumen nicht frieren kann.«

Sie schlichen die Treppe hinunter und aus dem Haus. Es war vollkommen dunkel auf der ganzen Welt, und trotzdem war es Robert, als könnte er ein paar blasse Sterne am Himmel erkennen. Sie tasteten sich zur Garage, und dort stand das Tandem. Es fühlte sich fast ein wenig warm an, fast wie ein Pferd, das in seiner Box wartete. Sie zogen das Fahrrad auf den Hof. Robert versuchte, sich auf den hinteren Sattel zu setzen.

»Nein, du sitzt vorn«, sagte der unsichtbare Mann.

»Ich kann nicht lenken«, sagte Robert. »Ich kann nicht, ich bin doch blind.«

»Robert«, sagte der unsichtbare Mann, »erstens kannst du es natürlich. Du kannst alles. Verstehst du das nicht? Du kannst alles, was du willst.«

»Und zweitens?« fragte Robert.

»Zweitens kann ich auch nicht sehen«, sagte der unsichtbare Mann.

Widerwillig setzte Robert sich auf den vorderen Sattel und packte den Lenker. »Bist du sicher?« fragte er.

»Klaro«, sagte der unsichtbare Mann, und seine Stimme klang wie eine kratzige Feile.

Das Fahrrad bekam Fahrt. Es war vollkommen dunkel auf der ganzen Welt, und dennoch schien Robert zu wissen, wie er das Fahrrad zum Tor hinaus lenken mußte, wie der Weg war und wo die nächste Kreuzung war.

»Das geht ja prima«, sagte er in dem Augenblick, als das Fahrrad schwankte und fast in den Graben gerutscht wäre.

»Vergiß nur nicht, daß es auch schlecht gehen kann«, sagte der unsichtbare Mann.

Sie kämpften sich eine Steigung hinauf, und dann, als sie die Hügelspitze erreichten, rollte das Fahrrad mit schwindelerregender Geschwindigkeit davon. Die Sterne flogen vorbei wie jagende Feuerfliegen. Und plötzlich waren sie auf der Autobahn. Robert hörte, wie ein Auto mit heulenden Reifen und brüllender Hupe vorbeiraste.

»Wir sind auf der Autobahn!« schrie er. »Wir müssen wieder runter!«

»Okay«, sagte der unsichtbare Mann.

Und da fühlte Robert, wie sich das Fahrrad vom Asphalt löste. Plötzlich schnurrten die Räder frei in der Luft, und alles war leicht wie nichts. Ganz schwach konnte Robert die gelben Straßenlaternen wahrnehmen, die unter ihm dahinglitten, und er drehte ab zum dunklen Wald. Zuerst spürte er, wie ihn die Tannenwipfel unter den Füßen kitzelten, aber dann stieg das Fahrrad höher, und ein paar Wolkenfetzen spielten in Roberts Haaren.

»Wir fliegen ja!« schrie Robert. »Wir fliegen!«

»Klar fliegen wir«, sagte der unsichtbare Mann.

Das erste, was Robert richtig deutlich sah, war der Mond. Blaß und weiß leuchtete er zwischen den Wolken. Robert wußte, daß alle sagten, der Mond sehe aus wie das runde Gesicht von einem alten Mann. Aber so sah er überhaupt nicht aus. Er war wie eine blasse Landkarte von einer ganzen Welt von Träumen und Abenteuern.

»Es ist der Mond!« schrie Robert. »Ich kann den Mond sehen!«

»Ich weiß«, sagte der unsichtbare Mann.

Robert lenkte das Fahrrad über ein großes Gewässer. An den Ufern zogen sich Perlenketten von Straßenlaternen entlang, und vor sich sah Robert ganz Stockholm. Das Feuerwehrabzeichen schlug im Wind gegen seine Brust, aber Robert war nicht sicher, ob es die Schläge des Abzeichens oder das Hämmern seines Herzens waren.

Jetzt flogen sie über Hausdächer. Manchmal war

es, als ob die Räder die schwarzen Dächer berührten, und das Fahrrad hüpfte fast wie ein Gummiball über die Stadt. Unten auf den Straßen fuhren vereinzelte Autos und Busse, und einige einsame Nachtschwärmer sahen aus wie kleine Ameisen auf den Gehwegen.

Robert drehte eine Runde über dem Tierpark. Dort schliefen alle Tiere hinter ihren Gittern und Zäunen. An einer Birke stand ein Elch und schlief, und auf dem Bärenfelsen lagen die Bären wie große bepelzte Steine. Auf einer Klippe schliefen ein paar Robben dicht aneinander gedrängt, und auf dem Affenberg schliefen die Affen in dicken Trauben. Nur ein paar Wölfe waren wach, und sie schauten auf mit glitzernden Sternenaugen, als Robert und der unsichtbare Mann vorbeiradelten.

»Wir landen auf dem Turm des Stadthauses«, sagte der unsichtbare Mann.

»Okay«, sagte Robert und bog ab zur Altstadt.

Die drei goldenen Kronen auf dem Stadthaus schienen in der Nacht zu leuchten. Robert drehte noch eine Runde über einem Wasserarm, ehe er auf dem steilen Dach des Stadthauses landete. Robert und der unsichtbare Mann setzten sich nebeneinander auf das Dach. Robert schaute über die Stadt.

»Stell dir vor, ein fliegendes Fahrrad«, sagte er. »Und du hast recht, mich friert nicht, obwohl ich nur einen Schlafanzug anhabe.«

»Auf einem fliegenden Fahrrad kann man nicht frieren«, sagte der unsichtbare Mann.

»Das war das Schönste, was ich in meinem ganzen Leben erlebt habe«, sagte Robert. »Du bist mein allerbester Freund, weißt du das? Mein allerbester Freund.«

»Das bin ich keineswegs«, sagte der unsichtbare Mann. »Ich bin nichts, ich bin nur ein unsichtbarer Mann.«

»Sag das nicht«, sagte Robert. »Du bist mein allerbester Freund. Der beste Freund, den ich je hatte.«

Eine Weile saßen sie still da.

»Robert«, sagte der unsichtbare Mann schließlich, »wir werden uns nicht mehr treffen, nie mehr.«

»Nein«, schrie Robert, und Tränen schossen ihm in die Augen. »Sag so was nicht! Natürlich treffen wir uns. Jeden Tag.«

»Wir treffen uns nie mehr, Robert«, sagte der unsichtbare Mann wieder. »Morgen, wenn du aufwachst und wieder sehen kannst, gibt es mich nicht mehr.«

»Kann ich morgen wieder sehen?« fragte Robert. »Ist das hier nicht nur ein Traum?«

»Es ist nicht nur ein Traum«, sagte der unsichtbare Mann. »Aber morgen, wenn du sehen kannst, gibt es mich nicht mehr. Dann bin ich fort. Wenn du sehen kannst, kannst du nicht mehr an einen unsichtbaren Mann glauben.«

»Dann will ich nicht sehen können«, sagte Robert. Er schluchzte ein wenig.

»Natürlich willst du sehen«, sagte der unsichtbare Mann.

Und dann saßen sie eine ganze lange Weile still da.

Hast du mal daran gedacht, wie es aussieht, wenn ein unsichtbarer Mann weint? Man kann ihn nicht weinen sehen, man sieht nur die Tränen. So war es jetzt da oben auf dem Dach des Stadthauses. Neben Robert kam eine kleine Träne durch die Luft geschwebt. Eine Weile hing sie ganz still da, ehe sie auf das grünspangrüne Kupferdach fiel.

»Bist du auch traurig?« fragte Robert.

»Ich bin sehr traurig«, sagte der unsichtbare Mann. »Es ist sehr schlimm, wenn du nicht sehen kannst. Aber noch schlimmer ist es, wenn dich niemand sieht. Es ist das Schlimmste, was es gibt, wenn dich niemand sieht. Wenn einen niemand sieht, ist es furchtbar einsam auf der ganzen Welt, und dann ist es furchtbar traurig. Einen unsichtbaren Mann sieht niemand. Niemand, nur ein paar Kinder können ihn sehen.«

»Aber ich«, sagte Robert, »ich weiß doch, daß du hier bist.«

»Morgen ist das nicht mehr wichtig«, sagte der unsichtbare Mann. »Wir verabschieden uns jetzt, damit wir es nachher nicht mehr müssen.«

»Nein, warte!« rief Robert.

»Was ist?« fragte der unsichtbare Mann.

»Ich möchte dir etwas schenken«, sagte Robert. »Ich möchte, daß dir etwas gehört, was nur den Wichtigsten auf der ganzen Welt gehört. Etwas, auf das nur die, die mutiger sind als die anderen, ein Recht haben.«

»Was denn?« fragte der unsichtbare Mann.

Da löste Robert das Feuerwehrabzeichen von seiner Schlafanzugjacke. Er hielt es vor sich hin.

»Das sollst du haben«, sagte er. »Das ist so etwas wie eine Medaille.«

»Oh, danke«, sagte der unsichtbare Mann. »Das ist das Schönste, was ich mir denken kann.«

Robert sah das Feuerwehrabzeichen vor sich oben auf dem Stadthausturm schweben.

»Mußt du wirklich verschwinden?« fragte er und wischte sich eine kleine Träne aus dem Augenwinkel.

»Ja«, sagte der unsichtbare Mann.

Und dann wurde alles still, und Robert sah, wie das Feuerwehrabzeichen über die schwarzen Hausdächer von Stockholm davonglitt.

Hast du nicht etwas vergessen?

Am nächsten Morgen leuchtete die Sonne mit warmen, klaren Strahlen in Roberts Zimmer. Er richtete sich auf und blinzelte geblendet gegen das Licht. So ein Licht hatte er noch nie gesehen. Als sich seine Augen an den starken Sonnenschein gewöhnt hatten, guckte er sich lange in seinem Zimmer um.

Alles war wie immer, und doch war es anders. Sachen, die sonst immer herumgelegen hatten, waren jetzt in den Regalen, und andere Sachen standen jetzt herum. Vorsichtig stieg er aus dem Bett, fast so, als ob er Angst hätte, daß all das Licht brach wie das Eis einer Nacht, und dann würde alles wieder dunkel werden. Aber das Licht blieb, und er ging zur Tür, um Mama und Papa alles zu erzählen.

Als er das Zimmer halb durchquert hatte, war ihm, als ob ihn etwas in den Fuß gestochen hätte. Er sah auf den Fußboden. Es war diese Monster-Plastikfigur, die Dracula vorstellen sollte. Robert dachte, daß er schon einmal auf diese Figur getreten war, vor mehreren Wochen, in jener Nacht, als es vollkommen dunkel geworden war auf der ganzen Welt. Er lachte ein wenig vor sich hin und hob die Figur auf.

Er ging in Mamas und Papas Zimmer. Sie lagen ganz still in ihren Betten und schliefen. Mama winselte ein bißchen, wie ein träumender Hund, und Papa schnarchte, fast so wie die Leute in Zeichentrickfilmen, wenn riesige Baumstämme über ihren Köpfen zersägt werden.

»Mama, Papa«, sagte Robert laut. »Dracula ist wiedergekommen.«

Sie bewegten sich ein wenig. Als erste erwachte Mama.

»Robert, du bist schon auf?« fragte sie matt. »Komm und leg dich zu uns.«

»Dracula ist wiedergekommen«, sagte Robert noch einmal.

»Wovon redest du?« sagte Mama.

»Siehst du nicht?« fragte Robert und streckte ihr die Monsterfigur hin. »Dracula ist wieder da.«

»Aber Robert, mein Kleiner«, sagte Mama, »was ist mit dir?«

»Dracula ist wieder da«, sagte Robert, drehte die Figur um und sah ihr tief in die Augen.

Da schrie Mama auf, als wäre sie von einer Wespe gestochen worden. »Iiii!« schrie sie. »Du kannst sehen! Du kannst wieder sehen!«

Und dann begann sie Papa zu schlagen. Sie schlug mit ihrem Kissen auf ihn ein, als wäre sie durchgedreht. »Harry!« schrie sie. »Harry! Er kann sehen!«

Papa machte verschlafen die Augen auf.

»Klar kann Robert sehen«, sagte er, als ob er immer noch schliefe. Aber dann richtete er sich jäh auf und begann auch zu schreien. Sie waren wie total verrückt.

Da kam Mikaela ins Zimmer. Und als sie begriff, daß Robert wieder sehen konnte, fing sie auch an zu schreien. Der ganze Verein war total verrückt.

Papa lief in den Keller und holte eine Flasche Champagner. Aber das fand Mama dann doch ein bißchen übertrieben. Und dann telefonierten sie herum, und schließlich fuhren sie zum Krankenhaus und sprachen mit all den Ärzten und Professoren, und niemand konnte verstehen, wie das zugegangen war. Es war fast so, als ob sie es noch merkwürdiger fänden, daß Robert jetzt sehen konnte, als daß er vorher nicht hatte sehen können.

»Jetzt freust du dich aber, daß du wieder sehen kannst, wie?« fragte einer der Ärzte Robert.

»Doch, klar«, sagte Robert, »aber nicht ganz.«

»Warum nicht?« fragte ein Dozent.

»Jetzt kann ich einen meiner besten Freunde nicht mehr treffen«, sagte Robert.

»Und wer ist das?« fragte ein Professor.

»Ein unsichtbarer Mann, den ich kenne«, antwortete Robert. »Jetzt, wo ich wieder sehen kann, kann ich ihn nicht mehr sehen.«

Da starrten alle Ärzte, Dozenten und Professoren Robert mit offenen Mündern an. Und schließlich lachte einer etwas verlegen, und da lachten alle.

Auf dem Heimweg vom Krankenhaus gingen sie in ein Restaurant, wo es Hamburger gab, und aßen. Mama und Papa lachten, daß sie fast erstickten.

»Hast du gesehen, wie die geguckt haben, als Robert von dem unsichtbaren Mann erzählt hat?« sagte Papa lachend.

»Ja, es ist nicht zu fassen, was du dir alles ausdenkst, Robert«, sagte Mama kichernd.

»Ich hab mir nichts ausgedacht«, sagte Robert ärgerlich. »Es ist die Wahrheit. Und übrigens mag ich kalte Hamburger lieber.«

Aber im Lauf des Tages gab sich seine schlechte Laune. Er ging in die Garage und holte sein Fahrrad aus der Ecke hervor. Die Reifen waren platt, so schlecht aufgepumpt waren sie, und der Sattel war ganz verstaubt. Um sein Fahrrad nach draußen zu bringen, mußte er das große Tandem aus dem Weg räumen. Es war rot und hatte weiße Streifen.

Und ich hab gedacht, es wär blau, dachte Robert.

Nachdem Papa ihm geholfen hatte, die Reifen aufzupumpen, fuhr Robert zur Schule. Es war schon Nachmittag und der Schultag bald zu Ende. Alle Kinder johlten vor Freude, als sie Robert in die Klasse kommen sahen.

»Ah, Robert«, sagte die Lehrerin. »Willst du uns mal wieder besuchen?«

»Nein«, sagte Robert. »Ich komm nicht auf Besuch. Ich wollte nur sagen, daß ich morgen wieder in die Schule komme. Ich kann wieder sehen.«

Da wollten sie alle wissen, wie das passiert war, aber Robert erzählte nichts von dem unsichtbaren Mann und all dem. Er sagte nur, er sei morgens aufgewacht und habe wieder sehen können.

Die Tage wurden wieder wie früher. Mama und Papa arbeiteten wie immer, Mikaela saß mit dem Walkman-Kopfhörer auf den Ohren da und hörte ihren blöden Pop wie immer, Robert baute mit seinen Legosteinen und spielte mit Kurt, Bosse und Rickard wie immer. Alles wurde fast wie immer.

Nachdem eine Woche oder zwei vergangen waren, sagte Papa: »Jetzt können wir das geliehene Tandem wohl zurückgeben.«

Robert kriegte ganz heiße Backen. Er dachte an den unsichtbaren Mann und wie sie über die Stadt geflogen waren. Er dachte an den Ausflug mit Mama und Papa. Aber er sagte nichts. Er zuckte nur mit den Schultern.

Er ging in sein Zimmer und betrachtete Großvaters Stock, den er grün, gelb und rot angemalt hatte. Robert hatte ihn über seinem Bett aufgehängt. Lange Zeit stand er da und betrachtete ihn.

Mit so einem Stock kann man gehen, wohin man will, dachte er.

In dieser Nacht wurde Robert wieder wach und stellte fest, daß es vollkommen dunkel war auf der ganzen Welt. Er richtete sich auf und sah zum Fenster. Alles war schwarz. Er probierte die Nachttischlampe aus, knips, knips, blink, blink. Aber es wurde nicht hell, obwohl er fühlen konnte, daß die Glühbirne warm wurde, wenn er Licht anknipste.

»Soll es wieder vollkommen dunkel sein?« sagte er. Er hatte Angst.

»Nur ein Weilchen«, hörte er plötzlich eine Stimme sagen.

Es war die Stimme des unsichtbaren Mannes.

»Du bist das!« Robert schrie fast. »Bist du wiedergekommen?«

»Nur für ein Weilchen«, sagte der unsichtbare Mann. »Ich wollte dich fragen, ob du nicht etwas vergessen hast?«

»Nein«, sagte Robert, »was sollte das sein?«

»Das weißt du wohl«, sagte der unsichtbare Mann.

»Nein«, sagte Robert. »Warte. Warte.«

Doch der unsichtbare Mann war schon fort.

Am nächsten Morgen war Roberts Kopfkissen ganz naß, als ob er geweint hätte. Es war Samstag, und er konnte so lange schlafen, wie er wollte. Aber er wollte nicht. Er fühlte sich verlassen und war traurig. Er dachte, daß es niemanden gab, der etwas verstand.

Aber dann fiel ihm ein, daß es vielleicht doch jemanden gab, der verstehen würde. War es vielleicht das, was der unsichtbare Mann meinte, das

Robert vergessen hatte? Plötzlich war Robert schon ein bißchen froher. Jetzt wußte er, was er tun würde.

Nachdem er sich angezogen und gefrühstückt hatte, ging er in die Diele und setzte sich ans Telefon. Er grübelte lange nach, ohne daß ihm die Telefonnummer einfiel. Aber dann schloß er die Augen, und mit geschlossenen Augen wußte er wieder, was er wählen mußte, genau wie vorher, als es vollkommen dunkel gewesen war auf der ganzen Welt.

»Josefsson«, meldete sich jemand am anderen Ende der Leitung.

»Hallo, hier ist Robert«, sagte Robert. »Ist Lovisa zu Hause?«

»Natürlich«, sagte Lovisas Mama. »Einen Augenblick.«

Als Lovisa sich meldete, meinte Robert erst, ihre Stimme klinge ein wenig traurig.

»Hallo«, sagte sie.

»Hallo«, sagte Robert.

»Ich hab gehört, daß du wieder sehen kannst«, sagte Lovisa.

»Ja«, sagte Robert.

»Das ist ja toll«, sagte Lovisa. »Nun bist du aber froh?«

»Doch, ja«, sagte Robert.

Eine Weile war es still im Hörer.

»Hast du heute was Besonderes vor?« fragte Robert schließlich.

»Nein«, sagte Lovisa. Ihre Stimme klang jetzt froher.

»Ich dachte, ob wir beide nicht rausgehen und vielleicht radfahren könnten oder so was?« fragte Robert. »Wir haben das Tandem immer noch. Ich könnte zu dir kommen. Möchtest du das?«

»Okay«, sagte Lovisa.

»Dann komm ich gleich«, sagte Robert und legte auf.

Als er seine Jacke anziehen wollte, hielt er plötzlich mitten in der Bewegung inne und starrte auf das Paar Schuhe, das sich der unsichtbare Mann von Papa geliehen hatte und das voller Farbflecken war. Robert mußte ein bißchen lachen, als er die Schuhe sah. Aber er lachte nicht nur, weil sie so fleckig waren. Etwas an ihnen war komisch. Sie bewegten sich. Sie bewegten sich, als ob sie jemand, der unsichtbar war, angezogen hatte und in ihnen tanzte und steppte.

»Hier haben wir einen echten Gesang- und Tanzmann«, sagte Robert, und dann ging er hinaus, um das Tandem zu holen.

Niklas Rådström, 1953 geboren, hat sich in Schweden mit einer ganzen Reihe von Romanen, Gedichten und Drehbüchern einen Namen gemacht. *Robert und der unsichtbare Mann* ist sein erstes Kinderbuch. Es wurde für den renommierten Augustpreis nominiert, den Niklas Rådström bereits für einen seiner Erwachsenenromane erhalten hat.

Die Deutsche Bibliothek – CIP-Einheitsaufnahme

Rådström, Niklas:
Robert und der unsichtbare Mann/Niklas Rådström.
Aus dem Schwed. von Angelika Kutsch. –
Stuttgart; Wien; Bern: Thienemann, 1996
ISBN 3 522 16959 X

Die Originalausgabe erschien 1994 bei
Bonnier Carlsen Bokförlag AB, Stockholm
unter dem Titel *Robert och den osynlige mannen*

Einband- und Innenillustrationen: Karoline Kehr in Hamburg
Einbandtypographie: Michael Kimmerle in Stuttgart
Schrift: Stempel Garamond normal und Funhouse
Satz: KCS GmbH in Buchholz/Hamburg
Reproduktionen: Die Repro in Tamm

5 4 3 2 1 96 97 98 99